KB113127

教育新文化陶冶

천미신교
낙양지부

천마신교 낙양지부 2

정보석 新무협 판타지 소설

초판 1쇄 찍은 날 § 2018년 12월 11일
초판 1쇄 펴낸 날 § 2018년 12월 18일

지은이 § 정보석
펴낸이 § 서경석

편집책임 § 이선근

펴낸곳 § 도서출판 청어람
등록번호 § 제387-1999-000006호
등록일자 § 1999. 5. 31
어람번호 § 제2-2761호

주소 § 경기도 부천시 부일로 483번길 40 서경B/D 3F (우) 14640
전화 § 032-656-4452 팩스 § 032-656-4453
http://www.chungeoram.com
E-mail § chungeorambook@daum.net

ⓒ 정보석, 2017

ISBN 979-11-316-91891-9 04810
ISBN 979-11-316-91369-3 (세트)

20

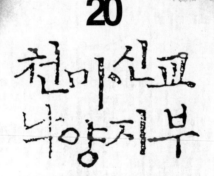

천미신교
낙양지부

정보석 新무협 판타지 소설

FANTASTIC ORIENTAL HEROES

도서출판 청어람

轟轟
神文
鷹塲
飛滔

천미신교
낙양지부

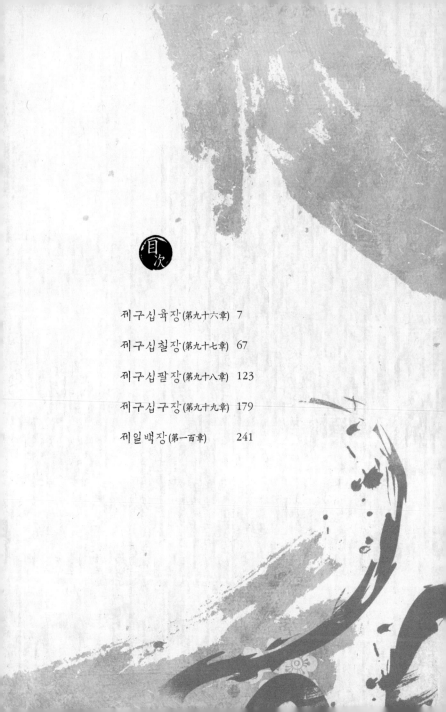

目次

제구십육장(第九十六章)

피월려는 마차에 도착할 때까지 총 세 번을 넘어지고 발가락 두 곳을 접질렸다. 악누는 그의 신음을 똑똑히 들었음에도 미동도 하지 않고 마차 안에서 조용히 명상을 하고 있었다. 피월려가 진흙투성이가 된 채 마차에 올라타자, 악누는 굳게 닫은 입을 열고 마부에게 말했다.

"가자."

마부가 가볍게 채찍을 휘두르자, 마차가 서서히 움직이기 시작했다.

피월려는 숨을 격하게 몰아쉬면서, 그에게 온기를 가져다주는 온주피를 붙잡고 말했다.

"혈향(血香)이… 하, 있었습니다."

악누가 말했다.

"본좌는 뒤탈이 싫다."

"……."

"중독은 무섭지… 뭐, 너무 마음 쓰지 말거라. 천살성이 된 이상 네겐 마음이 없다. 그저 옛 기억들로 만들어진 허상이 니."

피월려는 그 말에 아무런 말도 할 수 없었다. 그는 잡생각을 떨쳐 버리고 호흡을 가다듬는 데 집중했다. 그러나 아무리 숨을 쉬어도 호흡은 잦아들지 않았다. 오히려 숨을 쉬면 쉴수록 더욱 힘들어지는 것 같았다. 마치 숨을 쉼으로써 얻는 힘이 숨을 쉬기 위해서 움직이는 근육들의 피로에 못 미치는 기분이었다.

보다 못한 악누가 피월려에게 와서 그의 단전에 손을 대고 내력을 불어넣었다. 그러자 그 기운을 받은 피월려의 호흡이 결국 잦아들기 시작했다. 그렇게 완전히 원래대로 돌아가자, 악누가 피월려를 내려다보며 말했다.

"선천지기의 고갈로 이미 수명을 넘긴 몸이다. 밑 빠진 독이지. 심장만이 백호의 힘으로 간신히 뛸 뿐, 체온도 스스로 유지하지 못하고 호흡도 스스로 유지하지 못하니 여간 큰일이 아니다."

"……."

"아무래도 호흡을 유지하기 위해서 효천관(哮喘管)이 필요할 것 같다. 귀한 것이지만, 남창은 교류가 활발하니 거기선 구할 수 있을 것이다. 그때까진 호흡 하나하나도 집중해서 해라."

효천관은 호흡이 어려운 사람을 돕는 물품으로, 그것을 물고만 있어도 호흡이 진정되는 효과가 있었다. 그 값이 매우 비싼 탓에 천성적으로 장애를 앓고 있는 귀족 자제들을 위해서만 제조되고 있었다.

피월려는 속에서 올라오는 비참함을 억지로 삼키며 미약한 목소리로 말했다.

"은혜에… 감사드립니다."

악누는 피월려의 텅 빈 눈을 지그시 보았다. 마치 피월려도 그를 마주보고 있는 기분이 들었다. 그렇게 피월려에게 시선을 두던 악누는 곧 자기 자리로 돌아가 가부좌를 틀고 앉아 명상을 시작했다.

마차가 움직이는 동안 그 안에선 정적이 흘렀다. 바퀴가 바로 옆에서 구르는 것처럼 생생하게 들릴 정도로 그 안은 침묵이 가득했다. 둘은 말이 없었다. 악누는 평소 버릇대로 명상을 하고 있었고, 피월려는 마음을 휘어잡은 비참함에서 벗어나려고 애쓰고 있었기 때문이다.

오랜 시간 동안 싱숭생숭한 마음을 가라앉힌 피윌려는 허리를 숙여 접질린 발가락을 만져보았다. 화끈한 고통에 놀라 몇 번을 망설이며 잡았다 놓았다를 반복했다. 아랫입술을 물고 결심한 그는 발가락을 잡고 확 위로 꺾었다.

그러자 '으드득' 하는 소리와 함께 엄청난 고통이 뇌를 때렸다.

"으윽."

피윌려는 신음을 내며 몸을 꼬았다. 아무리 참아도 가라앉지 않는 고통에 여러 번의 거친 숨을 내쉬었지만, 행여나 숨이 차오를까 두려워 그조차도 마음대로 하지 못했다. 그렇게 최선을 다해 고통을 억누르며 겉으로 표내지 않으려 했다.

하지만 악누의 예민한 감각엔 대놓고 아프다고 소리친 것과 다를 것이 없었다. 그는 눈을 뜨고 명상을 멈추었다.

"고통이 심하냐?"

"아, 아닙니다."

"낯설겠군. 오랫동안 고통을 모르고 살았을 테니. 아니, 모르고 살았다기보다는 이토록 정신적으로나 육체적으로나 나약한 적이 없었다는 것이 더 맞겠다. 고통만큼 상대적인 것도 없지 않느냐?"

악누의 말처럼 피윌려는 좀처럼 고통을 견디기 힘들었다.

이런 작은 고통에도 이렇게 몸부림치며 참아내지 못하니, 사지가 잘려 나갈 정도의 검상을 입고도 검을 휘두르던 옛 기억들이 너무나 아득했다. 마치 그 모든 일이 그저 꿈속에서 있었던 일 같았다.

"고통이 낯선 것이 아니라, 기억이 낯섭니다."

피월려가 낮은 어조로 중얼거리자, 악누가 물었다.

"무슨 뜻이냐?"

피월려가 답했다.

"옛날에 그 큰 고통을 참아내었던 기억들이 낯섭니다. 지금 느끼는 고통은 너무 생생합니다."

악누는 피월려의 발을 내려다보았다. 그 마른 발은 붓는 기능조차 상실한 듯 보였다. 또 열을 내지도 못했다. 때문에 더 고통스러운 것이다.

악누는 그 발에서 눈을 떼며 말했다.

"고통이란 것이 그런 것 아니겠느냐? 그것만큼 큰 동기부여도 없다. 약으로 삼아라."

"어찌 말입니까?"

"이 모든 일의 원흉이 누구라 생각하느냐? 네 몸이 늙어버리게 된 것. 네 눈이 뽑혀 나간 것. 네 무공이 사라지게 된 것. 그리고 네 여인이 죽은 것. 그 모든 불행이 누구로 인함이냐?"

피월려는 생각을 자르듯 단호하게 말했다.

"접니다."

"그건 말이 되지 않는다."

"무엇이 말입니까?"

"너는 네가 가진 기억들이 낯설다고 했다. 그 이유는 네 몸이 바뀌었기 때문이다. 새롭게 태어난 너는 천살성이다. 그리고 천살성은 진심으로 자책할 수 없지. 네가 네 스스로를 네 불행의 이유로 삼는 건 둘 중 하나다. 거짓말이든가, 아니면 옛 버릇을 버리지 못했든가."

악누의 말은 역시 가도무의 그것처럼 주제가 묘하게 빗나가 있었다. 피월려는 그것을 지적하지 않고, 그저 고개를 흔들었다.

"그저 제게 일어난 일을 누구의 탓으로도 돌리고 싶지 않습니다."

"왜?"

"예?"

악누는 날카로운 눈길로 피월려를 보았다.

"왜 네게 일어난 일을 누구의 탓으로도 돌리고 싶지 않은 것이냐? 아니, 질문을 바꾸지. 언제부터 그렇게 생각하고 살았느냐?"

피월려는 나름 곰곰이 생각해 보았다.

"낭인 시절부터였던 것 같습니다."

"그것이 네게 동기를 부여했느냐? 더 강해지고, 더 단련되는 동기 말이다."

"……."

"부정하지 못하는군."

피월려는 아무리 반박할 말을 찾아도 찾을 수 없다는 걸 깨닫고 인정했다.

"예."

악누는 팔짱을 끼었다.

"앞으로도 더 강해질 생각이더냐? 그래서 무엇을 이룰 것이냐?"

"……."

"너는 내게 말했다. 아무 의미 없다고. 뭐, 좋다. 그런 식의 생각을 내가 싫어하는 건 사실이나, 그 또한 하나의 길로서 존중은 하니까. 하나, 만약 진정으로 더 이상 아무것도 네게 의미가 없다면, 자기 자신을 자책하는 그 버릇조차도 의미를 잃어버리는 것 아니더냐?"

피월려는 그 질문을 통해 자기 내면을 보았고, 그 진실에 다가갈 수 있었다.

그가 말했다.

"허무에 먹혔습니다. 마음이."

악누는 만족했다는 듯 작은 미소를 얼굴에 띠었다.

"이제 좀 진실을 말하는구나."

"……."

"네가 아직도 자책하는 진짜 이유는 그로 인해서 아무것도 할 필요가 없기 때문이다. 남을 탓하면 그에게 복수해야 하지. 하지만 자책한다면 그 누구에게도 복수할 필요가 없다. 넌 그저 지혜롭게 게으른 것이다. 그러니 고통을 약으로 삼으라는 말이다. 허무를 깨부수는 동기로."

피월려는 악누가 온몸에서 뿜어내는 연륜에 압도당했다. 마치 강력한 살기나 진한 마기에 짓눌리는 것 같았다.

피월려가 물었다.

"생존이 먼저입니까? 목적이 먼저입니까?"

"생존."

악누의 대답은 불가사의하지도, 현묘하지도 않았다. 피월려는 육안으로 악누를 볼 수 없었지만, 그가 어떤 눈빛으로 자신을 바라보고 있는지 알 것 같았다.

"왜 그렇습니까?"

피월려의 즉각적인 물음에 악누는 가부좌를 풀고는 왼 무릎을 굽혀 세웠다.

"많은 사람들이 목적이 생존에 의미를 부여한다고 생각하느니라. 하나 이는 진실이 아니다. 무언가를 해야겠다는 동기 자체가 생존으로부터 나오기 때문이다."

피월려는 반박했다.

"가장 기본적인 욕구에 관해선 그렇습니다만, 그보다 더 높은 차원의 바람… 어르신께서 전에 꿈이라 말한 것은 어르신께서 말씀하신 대로 삶을 도구로 쓰지 않습니까? 그러니 목적이 생존보다 앞선 것 아닙니까?"

"그랬다면 삶 없는 꿈이 가능해야 할 것이다. 하지만 불가능하지. 인간에겐 꿈 없는 삶이 가능해도 삶 없는 꿈은 불가능하다."

"……"

"내가 꿈에 대해 말하고자 했던 것은 네가 스스로의 삶에 목적을 부여하지 않는다면 다른 이가 그 삶을 도구 삼아 자기의 꿈을 이루는데 이용한다는 것이다. 그리고 그것은 결국 네 삶을 죽인다. 남에게 이용당하는데 어찌 네 삶이 계속될 수 있느냔 말이다."

"그렇다면 목적을 위해서 자기의 생존은 포기하는 이들은 어떤 자들입니까? 대의를 추구하며 자기 목숨을 내놓는 자들은 왜 그리 하는 것입니까?"

악누는 별거 아니라는 듯 코웃음 쳤다.

"흥. 간단하지. 결코 죽음을 넘어설 수 없다는 걸 깨닫고, 생존을 포기한 것이다. 어차피 어떠한 노력을 한다 하더라도 죽지 않을 수 없기에, 남은 생애에 조금이라도 의미를 부여하고자 그리하는 것이지. 하지만 그렇다고 목적이 생존을 앞서느냐? 천만에. 인간이 가진 모든 목적의식은 죽음이란 절대적 권위 앞에 무력한 생존 본능이 스스로에게 거짓된 의미라도 부여하고자 하는 방어책일 뿐이다."

그 놀라운 선언에 피월려는 독백하듯 말했다.

"사람이 목적을 가지는 이유가 단순히 연명하기 위함이라는 겁니까?"

"그러하다."

"목적의식이 그리 허망한 것이면 왜 제게 목적을 가지라는 겁니까?"

"네가 죽음을 뛰어넘었느냐?"

"예?"

"죽음을 뛰어넘었냐고 물었다."

"……"

"그럼 목적의식을 가져야 살 수 있다. 그래서 가지라는 것이다."

피월려는 반박했다.

"전에는 목적이 없이도 잘 살았습니다."

"그야 그 전엔 죽음을 몰랐으니까."

"……"

"내가 말했지 않느냐? 정신이 죽음을 깨달았을 땐 생존 본능이 완전히 기능을 잃게 된다. 살아도 어차피 죽는다는 것을 아는데 왜 살려 하겠느냐? 그러니 그때부턴 목적의식이 필요하다. 삶에게 다시 힘을 불어넣어 주는 목적의식. 그것이 진리든, 세상의 평화든, 복수든, 자식이든… 뭐든."

"……."

"그렇게 다시 태어난 삶은 죽음을 초월한 듯 보인다. 사람들은 그것을 숭배하고 찬양하고 엎드리지. 하나, 그것은 거짓된 망상일 뿐이다. 적을 이길 수 없어 스스로 검을 놓아놓고는 져준 것이라 자위하는 꼴이다. 초월한 것이 아니라 초월한 척하는 것이다."

"그러면 생존의 진정한 목적이 무엇이 되어야 한다고 보십니까?"

"생존이다."

피월려는 고개를 갸웃했다.

"무슨 뜻입니까?"

"절대로 이길 수 없는 죽음에 굴복하여 자위하는 것이 아니라, 그것을 이기겠다고 끊임없이 도전하고 버텨 나가는 것이다."

피월려는 묻지 않을 수 없었다.

"영생이 가능하다고 보십니까?"

"가능하다면, 사람은 목적의식에서 해방되어 진정한 자유를 누릴 것이다."

"불가능하다면?"

"그 역시 그대로 좋다. 영원히 죽음에게 도전하며 생존하려는 노력을 쉬지 않는 그것 자체가 바로 생존하는 것이니, 생존은 스스로가 그 이유가 된다. 이는 홀로 서는 것이며 즉 완전한 것이다."

피월려의 입에선 말이 나오지 않았지만, 그의 입술은 끊임없이 움직였다. 그의 머릿속엔 가도무와의 대화가 시시각각으로 떠올랐다.

피월려가 물었다.

"그것이… 천살성의 삶입니까?"

"그렇다."

"저는 지금까지 살아남기 위한 삶을 살았습니다. 아무런 목적도 없이 살아남는 것을 최우선으로 두고 살았습니다. 그래서 모든 것을 잃었습니다. 그런 제게 다시금 생존을 목적으로 삶을 살라는 뜻입니까?"

"아니, 나는 복수심을 가지라고 했다. 그걸 목표로 삼아 살아남으라 했다."

피월려는 답답한지, 호흡이 거칠어졌다.

"무슨 말을 하시는 겁니까? 이해가 되지 않습니다."

악누는 신경질적으로 소리쳤다.

"하! 왜 이렇게 못 알아듣는 것이냐? 아니, 이렇게까지 말했으면 적당히… 후우… 그래, 그래. 본좌가 원래 말주변이 없다. 그래, 이해하거라."

"……."

악누의 입술이 살짝 비틀어졌다. 피월려의 침묵에 담긴 그의 작은 불만이 가소로웠기 때문이다. 하지만 대화 자체에 흥미를 느꼈기에 그는 참으로 오랜만에 자기 말을 정리했다.

"본좌가 하려는 말은 이것이다. 생존의 이유는 생존이고 그뿐이다. 사람이 목적을 가지려는 것조차도 생존을 위해서 그리하는 것이다. 나약해진 정신을 다시금 불태우고자 이유를 심어주면서 말이다. 그러니까, 그런 것처럼 너도 복수심을 가짐으로 생존하라는 거다. 그러나 그렇다고 해서 복수가 네 삶의 이유가 될 순 없다는 것을 알고는 있으라는 것이지. 그것은 그것대로 죽음에 가까운 것이다. 무슨 뜻인지 아직도 모르겠느냐?"

확실히 악누는 설명하는 데 재주가 없었다.

그러나 피월려는 대강 악누가 하려는 말을 이해할 수 있었다.

제갈미의 최후를 본 그는… 이해할 수 있었다.

그가 말했다.

"알 것 같습니다. 복수라는 목적의식을 가지는 것조차도 생존을 위해서 하는 것이라는 뜻 아닙니까? 그조차도 잠깐이지만 말입니다."

악누의 표정이 밝아졌다. 그는 박수를 치며 외쳤다.

"그래! 그거다. 그렇게 말하니 간단하구나! 그것이 타인에게 동질성을 느낄 수 없는 천살성이 살아가는 방법이니라. 우리는 죽음에 다다랐을 때, 타인에게 삶의 의미를 전가할 수 없다. 유지를 이을 수 없다. 그러니 그렇게 사는 것이다. 자신의 생존만이 유일한 의미를 갖는 것이고 그것이 스스로의 의미이자 목적이 되는 것이다. 그것이 천살성의 삶이다."

"……."

"사람들은 천살성이 본능만을 중시한다고 믿지만 이는 사실이면서 사실이 아니다. 천살성에게 있어 지성이든 감성이든 그 모든 것은 결국 다른 종류의 본능일 뿐이고, 어느 본능을 선택할지는 그저 최선의 결과가 계산되어지는 대로 할 뿐이다. 흔히 본능과 지성의 싸움이라고 하지만 그저 근시안적인 생존 본능과 원시안적인 생존 본능 간의 싸움일 뿐이다. 결국은 다 살아남으려 하는 것이지. 그 계산상의 차이가 천살성 간의 다름을 만드는 것이다."

"그래서 온천에서 저를 돌봐준 벗이들을 다 죽여 살인멸구하신 겁니까?"

피월려는 그 말을 내뱉고는 자기가 먼저 놀랐다. 누가 들어도 비꼬는 느낌이 드는 말이었기 때문이다.

하지만 다행히도 악누는 피월려의 말을 오해해서 듣지 않았다. 천살성인 악누는 천살성인 피월려가 그 질문을 한 이유가 정말로 순수한 궁금증에서 한 것임을 잘 알았기 때문이다.

악누가 말했다.

"가장 멀리까지 생각했을 때엔 그들을 죽이지 않는 것이 내 생존을 위해 이롭다. 하지만 이미 이런 식의 처리 방식에 중독되어 버렸어. 너무 편리하니까 말이다. 근시안적인 생각임을 알고 있음에도 그 충동을 참지 못하겠다. 말 그대로 중독이지."

"……."

"너도 조심하거라. 중독되지 않게."

피월려는 고개를 흔들었다.

"천살성이 되었지만, 아마 살인에 중독되진 않을 것 같습니다. 지금도 어르신께서 그 범인들을 죽인 것에 대해서 그렇게 할 필요는 없었다는 생각이 지배적이니 말입니다. 제 머리로는 살인이 오히려 일을 어렵게 만든다고 봅니다."

"네가 그런 사람인 것은 나도 안다. 내가 중독되지 말라고 말한 건 살인이 아니다."

"그러면 무엇을 말씀하신 겁니까?"

"허무."

"……."

악누는 다시 가부좌를 틀며 마지막으로 말했다.

"허무에 중독되지 마라. 그것은 내가 중독된 살인만큼이나 달콤하니까."

그 말은 들은 피월려는 한동안 말없이 그 의미를 곱씹었다.

*　　　*　　　*

피월려는 자기가 잠에 들었다는 것을 자각하지 못한 채, 잠에 빠졌다.

오로지 어두컴컴한 암흑만이 그의 앞을 가리고 있었고, 오감이 모두 희미해져 그 어떠한 것도 느낄 수 없었다. 곧 시간과 공간을 느끼는 것조차도 불가능해졌고, 그렇게 피월려의 소우주는 거대한 대우주에 빨려 들어가, 그 존재를 잊었다.

그의 자아를 찾는 목소리를 듣기 전까진.

"일어나거라."

피월려는 눈을 깜박였지만, 아무것도 보지 못했다. 그러다 다른 감각을 통해서 서서히 세상을 인지하기 시작했다.

"어, 어딥니까?"

그의 목소리는 사람의 말이라고 할 수 없을 만큼 탁했다.

얼마나 오랜 시간 말을 하지 않았는지 감이 안 잡힐 정도였다. 악누는 피월려의 단전에 손을 올리고 내력을 불어넣으며 대답했다.

"성자(星子) 근처다."

단전을 통해서 스며드는 내력은 죽은 육신에 생기를 불어넣었다. 처음 살아난 것은 감각으로 피월려는 그의 몸이 돌덩이처럼 굳어 있다는 것을 느꼈다. 점차 피가 구석구석까지 흐르면서 깊은 잠에 빠진 육신을 일깨웠다.

피월려가 물었다.

"얼마나 시간이 지난 것입니까?"

"하! 진짜……."

"죄송합니다."

피월려의 공손 어린 사과에 악누는 화를 참다가 고개를 도리도리 흔들었다.

"아니다. 늙어서 그런지 요즘은 아무것에나 다 짜증이 난다. 햇빛이 밝아도 짜증, 달빛이 미약해도 짜증……."

"……."

"그때로부터 오 일 정도 지났다."

"그렇게나 잠을 잔 것입니까?"

"오히려 그편이 운반하기 편해서 그냥 두었다. 보아하니, 잠에서도 자연적으로 깨질 못하던데, 그걸 해결할 방도는 솔직

히 본좌도 모르겠다. 평생 누군가 옆에 있어야 할지도 모르겠
다. 일어날 힘은 있느냐?"

"예."

"그럼 일어나서 마차에서 나와라."

악누는 그렇게 말하곤 마차에서 나가 버렸다.

피월려는 의구심이 들었다. 이대로 그냥 남창까지 가도 상
관이 없을 텐데 중간에 깨운 이유가 무엇일까. 그는 오 일 동
안이나 굳어 있던 몸을 겨우겨우 움직여 마차 밖으로 나가면
서 말했다.

"어르신. 그런데 이곳에 서신 이유가……."

피월려는 말을 끝내지 못했다. 그의 코를 찌르는 강렬한 혈
향을 통해서 그 이유를 알 수 있었기 때문이다.

하늘 높이 뜬 보름달의 빛이 비추는 광경은 참혹했다.

검은 무복의 시체들이 사방팔방 없는 곳이 없었다. 돌에 머
리가 으깨진 자, 나무에 걸려 있는 자, 상반신과 하반신이 분
리된 자, 목이 잘린 자 등등… 열 명을 우습게 넘기는 그 시체
는 하나같이 처참한 몰골로 지옥도를 그리고 있었다. 그 중심
에는 피월려가 탄 마차가 있었는데, 그 바로 옆에서 마부가 숨
을 헐떡이며 핏물을 토하고 있었고, 그런 그의 머리를 양손으
로 정성스럽게 받치고 있던 한 청녀이 있었다.

악누가 그 청년에게 말했다.

"어떠냐?"

그 청년은 고개를 도리도리 흔들었다.

"가망이 없습니다."

그의 말을 들은 마부의 낯빛이 완전히 흑색이 되었다. 청년은 손을 들었고, 마부는 공포에 질린 표정으로 그 손날을 올려다보았다. 지금까지 그의 몸을 살피고 어루만지던 온자한 손이다. 그런 손이 너무나도 냉혹하고 무섭게 급변했다.

'픽'이란 소리와 함께, 그 마부의 목이 꺾였다. 청년은 그 마부의 시체를 마치 나무토막이라도 되는 것처럼 옆으로 치우면서 자리에서 일어났다. 방금 전까지 살아 있던 그 마부를 인자하게 대하던 그 모습은 온데간데없었다. 껍질만 그대로이고 속사람이 완전히 딴 사람으로 바뀐 것 같았다.

"저분이 심검마이십니까?"

그 청년의 물음에 피월려는 손을 들어 포권을 취했다.

"이젠 그저 피월려일 뿐이오."

청년도 포권을 취했다.

"천살가의 기시혼입니다. 말씀은 익히 들었습니다."

기시혼의 말은 발음이 또박또박하고 자신감이 넘쳤다. 그리고 천살가의 인물답게 말 한 마디, 한 마디에서도 은은한 살기가 배어 있어 묘한 위압감을 주었다.

피월려가 말했다.

"반갑소. 나와 비슷한 연배인 것 같은데 말을 높이실 필요 없소."

기시혼은 실수했다고 느꼈는지 다시 고개를 한 번 더 숙였다.

"아, 나도 모르게 그만 실례를 저질렀소. 미안하오. 그, 무공과 젊음을 유실한 일은 실로 유감이오. 듣자하니, 형님을 뵈었다고 들었소만? 형님께서도 도움을 주지 못하셨소?"

피월려가 물었다.

"누구를 말하시는 것이오?"

기시혼이 말을 하려다가 악누의 눈치를 보곤 그에게 말을 돌렸다.

"아, 아니오. 한데, 악 형주(兄主)님. 제가 잘못 본 것이 아니라면 도주의 흔적이 있는 듯합니다만, 혹 의도하신 것입니까?"

기시혼의 공손한 물음에 악누가 입술을 한번 삐쭉였다.

"내 심성을 건드리지 않으려고 그리 말할 필요 없다. 그게 더 짜증 나니까."

"……."

"발이 빨랐다. 직접적인 전투에 참여하지 않는 것을 보면 그놈이 향도(嚮導)인 듯한데, 일이 귀찮아지게 생겼어. 아마 마조대원이겠지."

기시혼은 주변을 둘러보며 말했다.

"흠, 죽은 자들도 본 교의 마인들입니다. 과연 어느 쪽에서 보낸 것인지는……."

"보나마나 교주겠지. 내부 사정도 전혀 모르는 그 햇병아리 같은 년 말고 누가 이런 미친 짓을 하겠느냐? 그게 아니라면 본 교에서 어느 간덩이 부은 새끼가 천살가의 허락도 없이 강서성에 명을 내려?"

"그, 허락을 받았는지 안 받았는지는 어찌 아십니까?"

"딱 봐도 그렇게 보였다. 받았으면 감히 내 길을 막아섰을까."

"……."

"왜? 내가 틀린 거 같으냐?"

기시혼은 가까스로 한숨을 참고는 말했다.

"흠, 아닙니다. 이들은 자신들의 소속을 뭐라고 밝혔습니까?"

"뭐라 말하기 전에 다 죽여 버렸다."

"예?"

"교주명을 따르고 있다는 말을 듣고 나면 일이 귀찮아지니까, 말하기 전에 다 죽였다는 말이다. 그러면 본좌는 들은 것이 없으니, 잘못한 것도 없지. 그리고 내 감이지만, 그놈들은 누굴 죽이려고 했었다. 살기는 없었지만, 분명 그런 느낌이 있었어."

"……"

"불만이냐?"

기시흔은 난처한 미소를 지으며 말했다.

"아니, 그럴 리가 있겠습니까? 그런 창의적인 방도를 생각해 내신 것에 감탄만이 있을 뿐입니다."

"네놈도 반쪽짜리니까 이런 생각을 못 하는 거다. 일단 저지르면 웬만한 건 알아서 잘 돌아가게 되어 있어."

혹은 다른 사람들이 그 뒷감당을 대신 해주는 것이겠지요. 기시흔은 그 말을 입속에서 간신히 삼키고는 마차의 말에 다가가며 말했다.

"제가 말을 몰겠습니다. 흠, 다행히 말은 멀쩡하군요."

악누가 코웃음 쳤다.

"하! 겁에 질려 조금도 움직이지 못할 게다."

기시흔이 말의 갈퀴를 천천히 쓸면서 말했다.

"흠, 사람이 죽어나가는데도 가만히 자리를 지키던 놈입니다. 이런 일에 훈련된 놈이지요. 진정시키는 데 시간이 걸리지만, 마차를 끌기에 무리가 없을 겁니다. 들어가시지요."

"그럼 성자로 가는 게냐?"

"일이 이렇게 된 이상, 그냥 남창으로 움직일 순 없지 않습니까? 흠, 앞으로 무슨 일이 더 있을지 모릅니다. 싱사에 가서서 뱃길로 운행하시지요."

"하! 짜증 나는군. 본좌가 뱃길을 쓰려 했다면 진작 썼을 것이다."

악누는 무언가 못마땅한지 횅하니 안으로 들어갔다. 기시혼은 말과 눈을 마주치며 그 사이를 손길로 쓰다듬자, 말이 '푸르르' 하며 낮게 울었다. 피월려도 안으로 들어가기 전, 마지막으로 기시혼에게 말했다.

"수고가 많소, 기 형."

말이 진정한 것을 확인한 기시혼은 피월려에게로 고개를 돌리며 말했다.

"피차일반 아니오? 자, 자세한 이야기는 성자에 가서 합시다. 피 형."

피월려는 포권을 취하곤 마차 안으로 들어갔다. 원래 자리에 앉은 그는 끊임없이 자세를 바꾸면서 짜증을 온몸으로 표출하고 있는 악누에게 말했다.

"어디 불편하신 데라도 있으십니까?"

악누는 혀를 한번 찼다.

"쯧! 본좌는 뱃길이 싫다. 갇혀 있는 것도 싫고 덜컹거리는 것도 싫으니라. 싫은 것투성이지."

"……."

악누는 몸을 앞으로 기울이면서 손을 모았다.

"그거야 어쩔 수 없는 일이니 넘어가도록 하고… 그 교주년이 왜 저놈들을 보냈을까 도통 모르겠군. 네 지력이 뛰어나니 한번 네 생각을 말해보거라."

피월려는 우선 상황을 파악하고 싶었다.

"듣자 하니, 본 교의 마인들을 죽이신 듯합니다."

악누는 소리쳤다.

"하! 당연한 소리를 하는구… 아, 그래. 눈이 안 보였지?"

"……."

피월려가 굳은 얼굴로 침묵을 지키자 악누는 냅다 팔짱을 꼈다.

"이상하게 여기지 마라. 너도 곧 알게 되겠지만, 천살성은 타인의 입장에서 생각하는 것이 힘들다. 그냥 잘 안 된다. 그러다 보면 너무 귀찮아져서 어느 순간 포기하게 되는데, 그 순간부터 추락이다. 다시는 타인의 입장을 이해하려는 시도조차 안 하게 된다."

피월려는 맹점을 짚었다.

"그런 것치고는 자세하게 설명해 주십니다. 이렇듯 제게 천살성에 대해서 자세히 설명해 주신다는 것 자체가 제 생각을 하신다는 뜻 아니겠습니까? 그렇다면 타인인 제 입장을 보통 사람 이상으로 생각하시고 계신 겁니다."

"그야 가족이니까."

"……."

처음이다. 이토록 일말의 감정도 섞이지 않은 말을 악누가 한 것은.

항상 극에 치달은 감정을 가진 악누는 자신이 느끼는 그 감정을 매번 말 한 마디, 한 마디에 모두 담아 표출했었다. 하지만 지금은 그의 목소리라고 생각될 수 없을 만큼 너무나 차분했다.

악누는 씩 웃으며 말했다.

"그리 놀라지 말거라. 천살가에 당도하면 알게 된다. 네가 배워야 할 것이 많다."

"그렇습니까?"

피월려는 옛날 시록쇠의 명령으로 흑설에게 천살가의 가법을 가르쳤었다. 그 가법의 대부분은 가족을 대하는 자세와 규칙에 관한 것이었다. 그는 완벽히 기억할 수 없었지만, 천살가에선 가족인 천살성을 상당히 구별하여 취급한다는 사실은 기억했다.

악누가 말을 이었다.

"상황을 설명해 주마. 몇 시진 전쯤에, 마인들로 추정되는 놈들이 나타났다. 스물은 안 되는 정도의 인원이었는데, 낌새가 이상해서 모조리 도살했다. 그놈들의 길 안내를 한 향도는 놓쳤는데, 발놀림이 극히 빠른 것이 아마 마조대원 중에서도 꽤 높은 자리에 있는 놈인 것 같았다."

"그 이후에 기 형을 부르신 겁니까?"

"싸우는 와중 뿌려진 검기에 마부가 크게 당했다. 본좌는 말을 몰 줄 모르고. 하는 수 없이 마부의 상처를 점혈하고 성 자까지 가서 시혼을 부른 거다. 그래서 같이 와서 널 깨웠다. 시혼과 인사라도 하라고."

"그럼 시간이 많이 지체되었겠습니다. 마조대에선 지금쯤 이 일을 알 것입니다."

"알아서 뭐 하겠느냐? 본 교는 당장 전쟁을 앞두고 있고, 본부도 분명 강서성과 복건성의 보호를 천살가에 완전히 일임 한다 하였다. 시시비비를 가릴 명분도 인원도 없어. 다만 왜 그 정도의 인원을 보냈는지 그것이 궁금할 따름이다. 자 다 설명했으니, 네 생각을 말해보거라."

피월려는 턱을 어루만졌다.

"간단하게 생각하면 제가 목적이 아니겠습니까? 제가 살아 있는 줄 몰랐다가, 그 온천에서 일어난 혈겁이 입소문을 타면 서 제 존재까지도 노출되었을 가능성이 있습니다."

악누의 눈초리가 좁아졌다.

"행여나 본좌의 일 처리를 문제 삼는 것은 아니겠지?"

악누의 전신에서 살기가 흘러나왔고 피월려는 피부를 통해 그 찌릿찌릿한 살기를 느꼈다. 그러나 피월려의 마음은 놀랍 도록 잔잔했다. 평화로운 자연을 감상하며 산책을 할 때의 기분과 전혀 다를 것이 없었다. 살기를 대항할 마공도 심공도 없었지만, 그의 마음은 마치 살기에 전혀 영향을 받지 않는 것처럼 너무나 평온했다.

피월려가 의미를 알 수 없는 미소를 지었다.

"그럴 리가 있습니까? 그저 그것 말고는 다른 연유를 찾지 못하겠습니다."

"그래?"

"정말입니다."

악누는 가만히 피월려를 응시하다가 곧 재미없다는 듯 고개를 흔들었다.

"하! 눈알이 없는 놈이니, 뭐가 진심인지 알 수가 있어야지……."

"……."

"뭐, 나도 아주 아니라곤 못하겠다. 그 가능성이 가장 크지."

"어르신. 저, 하나만 묻겠습니다."

악누는 입술을 틀었다.

"갑자기 뭘?"

"전에 하신 말씀 중, 교주를 햇병아리라고 부르셨는데, 혹시 그 이유가……."

악누는 자기 이마를 손바닥으로 살짝 쳤다.

"아! 그래! 내가 말을 안 했구나. 네 짐작이 맞다. 혈수마제가 죽고 새로운 교주가 등극했다. 시화마제(尸華魔帝) 진설린이다."

"……."

"내 알기론 네가 가진 마공을 채양보음으로 모조리 흡수하고 단숨에 높은 경지에 이르렀다고 들었다. 혼돈경이라 하는 그것 말이다. 너 또한 그 경지에 이르렀었다는 소문이 있었지 아마?"

"……."

"입신을 꿈꾸는 입장에서 물어보겠다. 네가 소생하기 전 보았던 입신은 무엇이냐?"

피월려는 갑작스러운 그 질문에 얕은 잠에서 깨듯 놀랐다. 그가 다시 물었다.

"죄송합니다만, 무슨 말씀을 하셨습니까?"

악누는 순간 솟아난 짜증을 참으며 말했다.

"입신에 이르는 길 말이다. 네가 본 길은 무엇이냐?"

피월려가 잠시 말이 없다가 되물었다.

"입신에 오르려 하십니까?"

악누가 답했다.

"당연하지 않느냐?"

"마공의 끝은 천마로 알려져 있지 않습니까?"

피월려의 질문에 악누는 머리를 한 번 쓸었다.

"그랬지. 나도 관심 없었느니라. 하지만 교주가 올랐다는 혼돈경(混沌經)인지 뭔지 하는 게 마음에 걸려서 말이다."

"……"

피월려는 또다시 한동안 말이 없었다. 악누는 참다 참다 먼저 물었다.

"무슨 생각을 항상 그리 골똘히 하느냐?"

악누는 피월려와 진설린의 관계를 잘 몰랐다. 그러니 피월려가 생각에 잠긴 것도 이해할 수 없었다. 아마 알았다고 해도, 그의 기분은 고려해 시간을 주기보단 입신에 대해서 대화하려고 했을 것이다.

진설린에 대한 생각을 접은 피월려가 대답했다.

"아닙니다. 다만 혼돈경이란 그 말에 관해서 의구심이 들었기 때문입니다."

"의구심? 무슨 의구심?"

"처음 그 말을 꺼낸 것은 나지오 부교주님이셨습니다. 나지오 부교주님께서 말씀하시기를 교주께서 혼돈경에 오르셨다고 했습니다. 입신에 오른 분이 말씀한 것이니, 모두 확실한 보장이라 생각했습니다. 하지만 지금 와서 생각해 보면… 아닌 것 같습니다."

악누가 눈을 빛냈다.

"무슨 뜻이냐, 그것이?"

"부교주께서 그저 교주님의 눈 밖에 나지 않으려고 한 말이라는 겁니다. 본인이 입신에 올랐다는 것을 교주님께서 알고 경각심을 품게 될까 봐, 교주님을 혼돈경이라 치켜세운 것입니다."

피월려가 잠시 숨을 고르는 사이 악누가 끼어들었다.

"잠깐 거슬리는 게 있어서 말한다. 교주라 말고 혈수마제라 칭해라. 헷갈린다."

피월려는 고개를 끄덕이곤 말을 이었다.

"전 혼돈경에 가장 가까이 근접한 가도무에게 직접 물었습니다. 혼돈경이 존재하냐고. 그는 그렇지 않다고 했습니다. 그런 것은 없고, 입신을 넘어서게 되면 그것이 혼돈경이라 부를 수 있겠다는 답을 했습니다. 그가 모르는 것이니… 그리고 그토록 입신을 탐구했던 저도 감이 잡히지 않은 것으로 보면… 그것은 존재하지 않는 것일 수 있습니다."

악누는 놀라며 크게 되물었다.

"하! 가도무? 그 천살지장 놈 말이냐?"

"예. 그에게 직접 들었습니다."

"그럼 혈수마제가 착각했다는 말이냐?"

피월려는 맞장구치듯 읊조렸다.

"제 예상입니다만, 혈수마제는 검선을 단독으로 상대할 수 있다는 자신감이 생기자, 그와의 협약을 깨고 일대일 일전을 벌인 겁니다. 검선이 받아들일 수밖에 없는 순간에 말입니다."

악누는 얼굴을 찡그렸다.

"협약? 무슨 협약 말이냐?"

그것은 예상뿐이라, 피월려는 확실히 말할 수 없었다. 그는 그 부분에 대해서 얼버무렸다.

"아닙니다. 중요한 건 혈수마제는 부교주님의 말 때문에 자신의 죽음을 초래했다는 것입니다."

악누는 오른손을 뼈 소리가 나도록 쥐곤 왼손 바닥을 내려치며 한탄했다.

"하! 기가 막히군. 고작 그 화산 놈 하나가 지껄인 헛소리 때문에 몇 명이나……."

피월려는 재빠르게 말을 가로챘다.

"하지만 마(魔)에 입신이 없는 건 아니라 생각합니다."

"응? 갑자기 왜?"

피월려가 설명했다.

"종남신검과의 일전에서 입신은 합일(合一)에 그 실마리가 있다는 것을 깨달았습니다. 사람의 작은 머리로 나눈 수많은 부분들을 모두 합쳐 하나로 이해할 수 있다면 그것이 바로 입신이라는 겁니다."

흥미를 느낀 악누가 손으로 입술을 매만졌다.

"더 설명해 봐라."

"사람은 이해하기 위해선 정의하고 구분해야 합니다. 세상을 이해하기 위해선 하늘과 땅을 나누어야 하고, 생물을 이해하기 위해선 식물과 동물로 나누어야 하며, 사람을 이해하기 위해선 남자와 여자로 나눠야 하고, 색(色)을 이해하기 위해선 적색과 황색으로 나누어야 합니다."

"흐음… 그렇지."

"문제는 이 세상에는 깨끗이 나뉘는 것과 깨끗이 나뉘지 않는 것이 있다는 점입니다. 하늘과 땅은 그 중간이 없습니다. 하나 적색과 황색은 그 중간이 있습니다. 다르게 말하면 이미 구분되어 있는 것과 이미 구분되어지지 않는 것이 있습니다. 그런 관점에서 볼 때에 무(武) 역시도 이미 구분되어지지 않은 것입니다."

"…계속해 보거라."

"이러한 무의 끝에 인간이 도달할 수 있는 방법은 두 가지입니다. 전체적인 그림을 서서히 알아가는 방법과, 그것을 면밀히 세분화시키는 방법입니다. 전체적인 그림을 그릴수록 그 안에 모순이 없습니다. 하지만 그 그림을 한 번에 담을 만한 오성이 없다면 불가능합니다. 면밀히 세분화시킨다면 작은 오성을 가진 사람도 이해할 수 있습니다. 하나 스스로의 정의(定義)에 빠져 모순을 만듭니다."

악누는 눈초리를 좁히며 말했다.

"너무 일반적이다. 예를 들어봐라."

피월려는 짧은 고민 뒤에 좋은 예 하나를 생각해 냈다.

"색에 재능이 있는 화공은 적색과 황색의 세밀한 구분이 필요 없습니다. 그 중간에 있는 모든 색을 한 번에 이해하는 오성을 지녔기 때문에, 그저 감각에 의존하여 색을 재현하면 됩니다. 하나, 그것이 불가능한 자는 적색과 황색 사이의 색깔들을 구분해야 합니다. 1부터 10까지 숫자를 매겨 그 중간색을 표현하는 수밖에 없습니다. 그렇게 하면 누구라도 쉽게 중간의 색들을 이용할 수 있습니다. 하지만 그보다 더 세밀한 차이가 있는 색들은 사용하지 못하게 될 것입니다. 사용하기 위해선 다시 1부터 100으로 나눠야 합니다. 그리고 그 세분화는 또 다른 모순을 만들게 될 것입니다."

"흐음… 이해는 했다만 그것이 무공과는 무슨 상관이냐?"

"전자는 정공이 추구하는 방식이며 후자는 마공이 추구하는 방식이라면 이해하시겠습니까?"

입술을 매만지던 악누의 손길이 멈췄다.

호흡도 같이 멈췄다.

악누가 말했다.

"대강 알겠다. 그래서?"

"이는 무(武) 또한 마찬가지입니다. 어떤 이는 심기체로 어떤 이는 중쾌환으로… 세상에는 다양한 나눔이 있고, 그것이 다양한 무를 만들어냅니다. 정공에 가까운 무공일수록 세분화를 적게 합니다. 그러나 각각 덩어리가 너무 크기 때문에 추상적인 표현으로밖에 표현할 수 없으며 이를 이해할 수 있는 사람도 오성이 극히 뛰어난 사람뿐입니다."

"마공은?"

"마공에 가까운 무공일수록 세분화가 많아집니다. 때문에 처음에는 쉽게 이해할 수 있습니다. 그러나 그만큼 모순이 많아질 확률이 높습니다. 세분화를 하려고 선을 그으면 그을수록 각각의 덩어리가 겹치는 개념이 나올 수도 있고 어떤 덩어리로도 설명할 수 없는 개념이 나올 수도 있습니다. 깊은 무학을 얻으면 얻을수록 그 모순들을 해결하려고 하고, 그러다 보면 기존의 가지고 있던 세분화를 수정하게 되는데, 그러다가 잘못되기라도 하면 더 엉망이 돼서 자기가 알고 있던 부분까지 혼란스러워지며……."

악누가 말을 뺏었다.

"무에 대한 개념 자체가 통째로 무너져, 정신이 미치지."

"그렇습니다."

악누는 자리에서 벌떡 일어났다. 그리고 몇 번이고 마차 안을 돌아다니다가, 곧 자기 자리에 털썩 주저앉았다.

"더 말해봐라."

피월려는 침착한 목소리로 설명했다.

"힘을 잃기 전, 종남신검과 생사혈전을 했습니다. 그 가운데서 제가 본 바로는, 종남의 무학에선 무학을 둘로 나눈다는 점입니다. 정공이라고 할지라도 무(武) 전체를 한 번에 표현할 수 있는 길은 없었을 겁니다. 그러니 최소한이라 할 수 있는 이태극(二太極)으로 그 무학이 전해진 것입니다. 태을(太乙)과 은하(銀河)로 정의되는 그들의 두 무학을 합일하는 것이 종남 무학의 궁극적인 목표입니다."

"그것이 종남파의 무학으로 입신에 오르는 길이란 말인가?"

"적어도 태을노군의 생각은 그러했습니다."

악누는 다급한 목소리로 물었다.

"그럼 마공은? 마로써 입신에 이르는 길은 무엇이냐?"

"세분화된 개념 사이에서 불거진 모순들을 해결하고 또 해결하다 보면 점차 그 모순들이 무에 가깝도록 작아져 결국 아무런 의미를 지니지 못하게 될 것입니다. 그런 경지에 이를 수 있다면 입신에 이른 것과 다른 것이 무엇이겠습니까?"

"흐음… 역시 너무 보편적인 설명이군. 예를 들어봐라."

피월려가 즉시 대답했다.

"나지오 부교주의 무학은 심(心), 기(氣), 체(體)의 완성으로 입신에 이르는 것이었습니다. 이 셋을 구분하여 따로따로 각각의 완성형에 도달하면 그것이야말로 입신과 같다는 것이었습니다. 하지만 그 논리로는 반로환동을 이해할 수 없습니다. 반로환동은 기로 인해서 신에 영향이 일어나는 현상이기 때문입니다. 따라서 나지오 부교주는 입신에 올랐음에도 반로환동하지 못했습니다. 그에게 있어 반로환동은 모순이었던 것입니다."

명쾌한 해석이었으나, 악누는 표정이 좋질 못했다. 그는 목을 양옆으로 꺾으며 근육을 풀었다.

"그럼 그걸 입신이라 부를 수 없지. 입신은 완벽한 것 아니더냐?"

"그 또한 제겐 의문입니다. 실례지만 악누 어르신께서는 노화로 인해 마공이 퇴보하시지 않으셨습니까?"

갑작스러운 물음에 악누는 기분이 상했지만, 피월려가 지금까지 펼쳐온 논리를 깨뜨리고 싶지 않아 속으로 참았다. 웬만해선 화를 숨기지 않는 악누가 참아 넘길 정도로 그는 대화에 집중하고 있었다.

"내력 자체의 양은 늘었지만, 퇴보했다 말할 수 있다. 본좌의 생각에는 이십 년 전부터 유지하는 것이 벅찼던 걸로 기억한다. 하지만 그건 노화의 영향이라고 말할 수 없다. 마공의 특성상 진보하지 않는 순간부터 늘어나는 마기를 감당하지 못해 그만큼 퇴보하는 것과 진배가 없으니 말이다."

악누의 말을 듣곤 피월려가 물었다.

"그럼 입신에 오른 순간부터는 모든 것이 고정된다 믿으십니까?"

"고정된다라……."

"더 수련하지 않고 노력하지 않아도… 입신에 오른 그 몸과 정신을 그대로 유지할 수 있다 보십니까?"

"글쎄… 그러지 않을까 막연하게 생각해 왔다만, 네 말을 듣고 보니 아닐 수도 있다는 생각이 들기도 하는구나."

"우리가 무학이라 부르는 그것… 그것이 고정된 개념이라면, 그것에 완전히 도달한 입신의 경지 또한 고정되어야 할 것입니다. 하나, 제가 알기론 입신에 오른 사람들이라 할지라도 그들 간의 개성이 살아 있었습니다. 다름이 있었습니다. 한데… 완벽에 어찌 다름이 있겠습니까? 입신에 개성이 있음은 우리가 무학이라 부르는 그것 자체가 바로 고정된 개념이 아니기 때문이라 생각합니다. 제 무학은 이 의문을 해결하지 못한 채 끝났습니다."

"……"

"어르신의 생각을 알려주십시오."

악누는 고개를 들고 피월려를 마주 보았다.

주름이 가득한 늙은 얼굴. 아니, 늙어버린 얼굴을 한 청년의 텅 빈 눈동자 속 깊은 곳에는 작게나마 타오르는 불씨가 있었다. 그것은 열망이라 부르기도 민망한 수준이었으나, 그것 말고는 달리 표현할 말이 없기도 했다.

악누가 눈길을 돌렸다.

"마음이 먹혀 버린 놈이 무(武)에 관한 염원은 아직 잊지 않고 있구나."

"……."

"본좌는 누구에게도 이 이야기를 해본 적이 없느니라. 내 것을 훔쳐갈까, 두려웠기 때문이다. 그리고 애써 아니라 무시했다. 하나 네겐 말할 수 있겠다. 네 몸으론 훔칠 수도 없을 테니 말이다."

"……."

"그 전에… 시혼아!"

갑작스러운 외침에 말이 놀라 푸르릉거렸다.

마부석에 앉아 있던 기시혼은 놀란 가슴을 다스리곤, 조금 뜸을 들인 뒤에 대답했다.

"예, 악 형주님."

"쥐새끼처럼 엿듣지 말고 말이나 몰거라."

"……."

"본좌가 방음막을 펼쳐야겠느냐? 아님 네가 스스로 귀를 막겠느냐?"

"마, 막겠습니다, 형주님."

"좋은 생각이다. 아니었으면 귀 하나는 잘렸을 게다."

"……."

기시혼은 악누의 말대로 말을 몰기 시작했고, 마차는 서서히 움직이기 시작했다.

조금씩 덜컹거리는 와중에 악누가 피월려에게 말하기 시작했다.

"본좌가 본 입신의 길은 절대성과 완전성에 있다."

피월려는 자기도 모르게 중얼거렸다.

"절대성과 완전성……."

악누는 설명을 이었다.

"본좌의 생각에는 이 세상의 모든 강함은 상대적이다. 서로 비교할 수 있고, 서로 위아래를 가릴 수 있다. 하나 비교가 불가능한 절대적인 강함이 있다면 그것이야말로 입신의 경지라 믿었다. 그리고 본좌는 생각했다. 상대성의 지배를 받는 인간이 과연 절대성을 가진 입신에 도달할 수 있는가? 상대적인 것을 쌓고 쌓아 절대성에 도달하는 것이 과연 가능한 것인가? 젊을 적 본좌는 답을 찾지 못했으나, 그것이 가능하다는 건 입신의 고수가 실존한다는 것을 통해서 알 수 있었다. 그럼 그 방도도 있다는 것인데, 그걸 도통 이해하지 못했었다. 여기까지 이해했느냐? 이해하지 못했다면 예를 들어주마."

"괜찮습니다. 그다음을 이어서 말씀하십시오."

"하! 좋다. 예를 일절 들지 않을 테니, 나중에 가서 빌어도 소용없느니라."

"……."

"그렇게 지마와 천마를 이루고 본 교의 일을 하면서 허송세월을 보냈느니라. 그러다 어느 날, 그 점에 관한 실마리를 어떤 사람에게 얻게 되었는데, 내게 깨달음을 준 자는 특이하게도 장사치였느니라."

피월려는 의아해하며 물었다.

"장사치라면 재력을 추구하는 자가 아닙니까? 그런 자가 무학에서 말하는 입신에 대해서 무슨 실마리를 제공하였습니까?"

악누가 답했다.

"그가 말하길 재물이라는 것은 살아 있는 생물과도 같아서 또 다른 재물을 낳는다고 했다. 안전이 보장되어 있다는 가정하에, 어느 수준에 거대한 재력을 손에 쥐고 있으면, 그 후론, 가치의 개념에서 벗어난다고 하였다. 그러면 범인들의 눈에 보기에는 끝없는 재물이 나오는 것처럼 보인다고 했다."

"……."

"그것이 정확히 무슨 말인지는 모른다. 하지만 나는 그걸 이렇게 이해했다. 아무리 강한 자라도 지치게 마련이다. 아무리 농후한 내력을 지녔다고 하더라도 바닥이 나게 마련이다. 모든 것은 쓰면 쓸수록 소모되게 마련이고, 그것을 복구하기 위해선 시간이 지나야 한다. 하나, 만약 복구하는 힘이 너무 강하여, 써도 써도 마르지 않는다면? 그것을 바라보는 입장에선 무한한 힘을 가진 것처럼 보일 것이다."

"그럼 입신이라는 건, 회복력뿐이라는 겁니까?"

"그래."

"……"

악누는 피월려의 침묵을 비웃었다.

"왜? 너무 간단해서 허탈하느냐? 하! 상관없다. 어차피 그리 생각할 줄 알았……."

피월려는 악누의 말을 잘랐다.

"아닙니다. 허탈해서 그런 것이 아니라, 일리가 있는 것 같아서 그렇습니다."

악누는 의심의 눈초리로 피월려를 보았다.

"진짜 그러냐?"

"예. 진심입니다. 그럼 완전성은 무엇입니까?"

"……"

피월려의 질문에도 악누는 오랫동안 대답을 하지 않았다. 그저 감정이 없는 눈길로 피월려를 바라만 보고 있었다.

그렇게 한참을 기다려도 대답이 들려오지 않자, 피월려가 다시 물었다.

"어르신. 혹 제가……."

"내가 이 설명을 하려면 내가 익힌 마공에 대해서 말해야 해서 조금 고민했다. 됐다. 정확히 말해주마."

"……."

"내가 익힌 무학은 네 표현을 빌리자면 삼태극(三太極)이다. 총량과 회복 그리고 발산. 이 세 가지로 나눈다. 기존에 있던 외공 내공과 비슷한 개념이지만, 조금 다르다. 총량은 한 번에 지닐 수 있는 무력을 뜻하며 회복은 그 무력을 회복하는 속도를 뜻하고 발산은 그 무력을 한 번에 내뿜을 수 있는 위력을 뜻한다. 이해했으면 대강 넘어가마."

"예."

"입신의 절대성은, 나의 회복력과 발산력이 타인의 총량을 넘어설 때 나타나는 현상이다. 내가 회복하고 발산하는 양이 적의 총량을 넘어서면, 적의 입장에선 내 내력은 무한과 같다. 그렇기에 상대적인 차이임에도 절대성을 띠게 된다."

"흐음……."

"완전성도 간단하다. 내가 전에 말한 생존을 기억하느냐? 생존은 생존 그 자체가 그 목적과 이유가 되기 때문에 완전한 것이라고……."

"기억합니다."

"그것이 내가 생각하는 완전성의 기준이다. 완전한 것은 스스로 설 수 있는 것이어야 한다."

"……"

"이 세상이 다양한 이유를 아느냐?"

"예?"

"다양성 말이다."

"……"

"이 세상을 다양한 것과 다양하지 않은 것으로 쪼갠다. 이 둘은 서로 상반된 것이다. 하나 이렇게 둘로 나누어진 것조차도 다양한 것이니, 다양성은 자기와 상반된 통일성을 내포한다. 그렇기에 완전한 것이고, 그렇기에 진리이다."

"……"

"이해하지 못했군."

"솔직히 말씀드리면, 너무 듣는 사람의 입장을 생각 안 하십니다."

악누는 그답지 않게 유쾌한 목소리로 되물었다.

"하! 그러냐?"

"예. 갑자기 생존에서 다양성으로 넘어간 이유도 모르겠습니다."

"그래. 그건 본좌가 너무하긴 했다. 이해해라."

그 순간 피월려의 머릿속에 누군가의 말이 번뜩 떠올랐다.

"생존에 적합하지 않은 행동이라도 결국 어떠한 상황에 놓이느냐에 따라 달라진다는 말과 연관이 있습니까?"

그 말을 듣는 순간 악누는 신이 난 것처럼 엉덩이를 들썩였다.

"오호! 그래. 그 말이다. 그렇기에 생존에는 다양성이 필수다. 네가 떠올린 생각이더냐?"

"아닙니다."

"이 주제론 가도무와 대화한 적이 있는데, 그가 말한 것이더냐?"

피월려는 고개를 갸웃했다.

"그도 아닌 것 같습니다."

"뭐, 그건 중요하지 않다. 하여간, 그것을 통해서 설명해 주마."

피월려는 전에 이 주제에 대해서 심도 있는 대화를 했었다. 그때의 생각과 악누의 생각이 뒤섞여 그의 머릿속에서 완전히 정립되었다.

"아닙니다. 어느 정도 이해했습니다. 사람이 다양한 것도 각기 다른 환경에서 조금이라도 살아남기 위해서 다양한 것입니다. 그러나 이를 견제하는 통일성도 사회 속에 존재합니다. 그러나 그렇게 통일성을 갖추는 사회들도 서로가 서로에게서 다양하니, 다양성의 정반대인 통일성조차 다양성 아래 있는 것 아닙니까? 그러면 다양성은 스스로의 여집(餘集)인 통일성까지도 내포하니 이는 완전한 것입니다. 이것을 발함 아닙니까?"

악누의 입꼬리가 귀에 걸렸다.

"그래. 바로 그것이다. 천재라는 게 진짜 존재하긴 하는군. 좋다. 내 생각에는 그런 것이 분명 무학에도 존재할 것이다. 아직 찾지 못했지만 말이다. 그것을 찾으면 무학 전체를 이해할 것 없이 그것만 이해하면 된다. 그것은… 스스로의 여집을 내포하니, 그것이 곧 전체이며 그것을 이해하는 건 전체를 이해하는 것과 진배없다."

"절대성과 완전성……."

"본좌는 절대성의 개념으로 삼태극으로 이뤄진 마공을 하나로 통합시키려 했다. 그리고 그 통합한 것의 여집을 찾아 이해함으로써 모든 것을 이해하려 했다. 그것이 본좌가 본 입신에 이르는 길이며 본좌가 평생 동안 걷고 있는 길이다."

피월려가 말했다.

"그렇다면 합일에서 끝나는 것이 아니군요."

"합일을 해도 그것은 네가 이룩한 무학이지 객관적인 무학이 아니다. 객관적인 무학에 이르기 위해선 네가 이룬 부분적인 합일을 넘어서는 총체적인 합일을 이뤄야 하고 그것은 내가 말한 대로 완전성을 이룩하는 방법으로만이 가능할 것이다."

"……."

"어떠냐? 내 것이?"

피월려는 두 손을 가지런히 모아 포권을 취했다.

"가르침에 감사드립니다."

악누가 다시 한번 미소 지었다.

"가르침은 무슨 서로 생각을 공유할 뿐이었다. 너도 나도 생각을 정리할 시간이 필요한 것처럼 보이는구나. 한데… 하! 역시 네놈은 재밌는 놈이로구나."

"예?"

"그 꼴을 하고서도 무(武)에 대해선 아주 열정적이야… 내가 삶의 목적을 찾으라고 떠들어댔던 게 무색할 지경이구나. 지금 눈알은 없지만, 분명 눈빛은 살아 있어… 하!"

"……."

"본좌는 잠시 명상을 하며 생각을 정리할 테니, 너도 네 시간을 가져라. 그리고 다시 논해보자꾸나."

그렇게 말한 악누는 대뜸 눈을 감아버렸다. 피월려와 나눈 지식을 조금이라도 잊을까 걱정이 될 정도로 흥분한 듯싶었다. 그는 입술을 달싹이며 끊임없이 스스로와 대화하고 그 개념들을 소화하기 이르렀다. 그것을 보면, 집중은 하고 있으나, 밖의 상황을 전혀 감지하지 못하는 운기조식이나 무아지경에 들진 않은 것이다.

그의 수준이라면 덜컹거리는 마차 안에서도 충분히 운기조식이나 무아지경에 빠져도 상관이 없다. 절정고수도 몸이 조금 흔들린다고 집중이 흐려지진 않는다.

그러니 그토록 입신에 들고 싶어 하는 악누가 무아지경에 들지 않는 이유는 단 하나.

피월려를 완전히 신용하지 못하는 것이다.

아니, 그는 그 누구도 완전히 신용하지 못하는 사람일 것이다.

피월려는 그에게 방해가 되지 않게 숨소리를 내는 것조차 신경 썼다.

*　　　*　　　*

그들은 자정이 되기 전, 성자에 이르렀다.

성자는 파양호 입구에 있는 주요 하항으로 특히 쌀 거래가 활발히 이뤄지는 곳이었다. 중원 곳곳의 비옥한 곡창지대에서 장강을 타고 들어오는 상선들로 인해 중원에 존재하는 모든 땅에서 난 쌀이 모였고 이곳에서 찾을 수 없는 쌀이 없었다.

모든 항구가 늘 그렇듯 돈이 모이고, 돈이 모인 곳이 늘 그렇듯 힘이 모인다. 지리적으로 천살가에 가까워 직접적인 지배를 받을 것 같지만, 천살가가 워낙 폐쇄적인지라 천마신교와 상관없는 독자적인 세력 구도를 가지고 있었다. 다만 성자의 중소문파들은 모두 공통적으로 천마신교와 천살가를 상전으로 모시고 있었고, 그들의 요구에 절대 반하지 않았다. 애초에 무리한 요구를 한 적도 없었지만, 무리한 요구를 했다 해도 천마신교의 힘을 모르는 이가 없었기 때문이다.

기시혼은 마차를 끌고 성자에서 가장 큰 객잔에 이르렀다. 성자의 중소문파들은 이 야밤에 어떻게 알고 사람을 보냈는지, 악누와 피월려 그리고 기시혼을 서로 모시려고 안간힘을 썼다. 하지만 기시혼은 중립적인 입장을 고수하는 천살가의 특성상 어느 한곳에서 머무르기를 거절하고 최상층인 오 층에 있는 넓은 방에 간신히 들어올 수 있었다.

기시혼은 허리가 부러질 정도로 고개를 숙여대는 시녀들을 내보내며 방문을 닫았다.

"후… 그래도 아직 소식이 닿지 않은 듯합니다."

찻잔을 한 손에 들고 창밖을 내려다보며 야경을 감상하던 악누가 대답했다.

"무슨 소식?"

기시혼은 겉옷을 풀어헤치며 말했다.

"그, 무림맹의 제삼군이 진군한다는 소식 말입니다. 슬슬 저들에게도 그 소식이 들릴 때가 되었는데, 저렇게 악누 어르신을 모시겠다고 사람들을 보낸 것을 보면 아직 자기들이 아쉬운 입장이 아닌 것을 모르는 것입니다."

악누는 코웃음 쳤다.

"하! 저들이 감히 천살가의 부름에 거절을 할 리가. 구 대가 망하고 싶지 않고서야 그런 생각을 감히 품지 못하지."

"내 생각은 다르오."

온주피를 몸에 두른 채, 침상에 걸터앉은 피월려의 말에 악누와 기시혼 둘 다 그를 돌아보았다.

기시혼이 물었다.

"무슨 뜻이오, 피 형? 저들이 무림맹의 소식을 들었다는 말이오?"

"그렇소."

"흠, 그렇게 생각한 연유가 무엇이오?"

피월려는 몸을 살짝 떨면서 온주피를 꽉 잡아맸다.

"뭐라 설명하기 어렵소만… 감이라 말할 수밖에 없겠군."

"……."

"내게 용안심공이 남아 있었다면 충분히 설명해 줄 수 있었을 것이오."

"자, 그래도 해보시오."

피월려는 몸을 한차례 더 떨며 말했다.

"우리를 모시겠다고 하던 그들의 목소리를 들어보면 모두 무림인인 것 같았소. 그 점이 조금 이상하오."

기시혼은 피월려의 말을 듣고 방금 있었던 상황을 머릿속으로 떠올렸다.

"흠, 하인들이나 시종이 아니라 직접 무사들이 온 것이 이상하다는 말씀이시군."

"그렇소. 한데 혹 방에 항(炕)이 있소?"

"남쪽에는 항이 없고 벽에 화장(火墙)이 붙어 있소. 춥소?"

"마차에서 얼은 몸을 좀 녹여야겠소."

피월려의 말에 기시혼은 방 한편 벽에 붙어 있는 화장에 다가가면서 중얼거렸다.

"온주피로도 체온을 유지할 수 없다니……."

대화에서 흥미를 잃은 악누가 창가로 고개를 돌렸다.

"지금이 춥다면 한겨울엔 어쩌려고 그러느냐? 하!"

기시혼은 부싯돌로 불을 지피면서 악누에게 말했다.

"그보다, 어르신. 불편하셔도 창문을 닫아주실 수 있겠습니까?"

"창문을? 왜?"

"찬바람이 들어옵니다."

"하! 짜증 나는군……."

악누는 눈썹을 한 번 모으더니 창문을 닫았다.

피월려가 말했다.

"고맙습니다."

악누는 어떤 대답도 하지 않고, 방 중앙에 있는 의자에 걸터앉아 차를 마셨다. 기시혼은 성공적으로 불을 지피자, 장작을 몇 개 넣어 불을 키우면서 일어났다.

"자, 불 쪽으로 오시겠소?"

"안내를 부탁하겠소."

기시혼은 피월려에게 다가가 그의 메마른 손을 잡았다. 그리고 함께 악누가 있던 상 주변에 자리했다.

기시혼이 빈 찻잔에 차를 따르며 말했다.

"시동이 아니라 무사가 나온 것은 그만큼 격식을 갖추려는 것일 수 있소."

피월려가 말했다.

"정식으로 방문하는 것도 아니고, 중간에 공격을 받아 한밤중에 이곳으로 오게 된 우리에게 그런 격식까지 차릴 이유가 있겠소? 우리를 가늠하려는 것이오. 그런 시선을 느꼈소, 나는."

기시혼이 찻잔 하나를 피월려의 앞에 놓았다.

"흠, 그렇게 볼 수도 있겠소. 그렇게 작은 것 하나 놓치지 않고 생각하는 것을 보면, 그것을 활용한 심검이라는 것은 얼마나 강력한 것인지 궁금하오. 직접 가르침을 받았으면 참으로 좋았을 것 같소."

"옛날 일일 뿐이오."

양손을 가지런히 모은 채, 몸을 미약하게 떠는 피월려를 위아래로 훑어보던 기시혼은 찻잔을 입으로 가져갔다. 목을 축인 그는 피월려가 가만히 있는 것을 보곤 말했다.

"자, 앞에 차가 있소."

"알고 있소만……."

"아, 위치를 모르시는군."

"엎지를까 염려되오. 주신 것은 감사하오."

기시혼은 찻잔을 내려놓곤 피월려에게 손을 뻗었다. 그의 손을 잡아서 찻잔을 찾을 수 있게 하려 한 것이다. 그런데 이를 지켜보던 악누가 기시혼의 손목을 소리 없이 붙잡았다.

기시혼이 악누를 보았고, 악누는 양옆으로 고개를 천천히 흔들며 전음했다.

[찻잔을 들 힘이 없을 것이다. 그냥 놔두어라, 괜한 수치 주지 말고.]

그러면서 피월려에게 말했다.

"내 욕심 같아서는 오늘 하루 종일 무학을 논하고 싶지만, 천살가를 위해서라면 포기해야겠지. 일에 대해서 같이 논의해 보거라."

피월려가 물었다.

"무슨 일을 말입니까?"

"천살성은 거짓을 쉽게 간파하고 공포심이 결여되어 심계를 잊고 산다. 한마디로 다 그냥 돌대가리야. 그래도 이놈은 출신이 출신인지라, 천살성 중에서도 제법 머리를 쓸 줄 아는 놈이다. 이번에 무림맹의 제삼군을 막기 위한 계획을 이놈이 만들 것이다. 그것을 도와주라는 말이다. 본좌는 먼저 침상에서 쉬고 있을 테니까."

기시혼이 악누에게 조심스럽게 말했다.

"흠, 그러나 그는 아직 가족이 아닙니다."

악누는 귀찮다는 듯 손짓했다.

"본래라면 가문의 사람이 먼저 되어야 하지만, 이왕 이렇게 된 것 어쩔 수 없지 않느냐? 뭐 하러 남창까지 갔다가 다시 올라오겠느냐? 시간만 낭비일 뿐이지."

기시혼이 말했다.

"큼, 피 형에겐 미안하지만 아직 완전히 신뢰할 수 없습니다. 어르신께선 피 형이 천살성임을 확신하십니까?"

"아니. 내가 평생 봐왔던 천살성들 중에서도 특이한 성정이야. 솔직히 확신이 안 선다."

"그럼 가문의 일을 알려줄 순 없습니다."

"알려주라니까. 어차피 그걸 이용할 무공도 힘도 배후도 세력도 없다. 알려줘도 할 수 있는 것이 없어."

악누는 그렇게 말하곤 마지막으로 찻잔의 차를 홀짝 비워버렸다. 그리고 침상으로 가서 벌러덩 누워버렸다.

어색한 분위기 속에서 먼저 입을 연 것은 피월려였다.

"신용할 수 없다는 점은 충분히 이해하오. 그러나 악누 어르신의 말씀이 옳소. 내 체온 하나 스스로 유지하지 못하는 몸으로 무슨 일을 할 수 있겠소?"

기시혼이 헛기침을 하며 차를 입에 가져갔다.

"흠흠."

피윌려가 말했다.

"말해보시오. 무슨 계획을 가지고 계시오?"

기시혼은 한동안 입에서 찻잔을 떼지 않고 연달아 마셨다. 결국 찻잔의 바닥이 보이자, 내려놓으면서 눈짓으로 피윌려의 차를 가리켰는데, 피윌려가 고개를 끄덕이자 그의 것까지도 가져다가 마시기 시작했다.

반쯤 마셨을까?

기시혼의 손이 멈췄다.

"방금… 내가 손으로 차를 가리킨 것을 어찌 아셨소?"

피윌려가 대답했다.

"아, 차를 가리킨 것이었소? 나는 의심하시는 줄 알고 괜찮다고 고개를 끄덕인 것이오."

"……"

"눈알 자체가 없소. 의심하실 것이 못 되오."

기시혼은 한동안 피윌려를 노려보다가 차를 단숨에 끝내 버렸다.

그리고 그 빈 잔에 차를 더 따르기 시작했다.

열리지 않을 것 같던 그의 입이 기어코 열렸다.

"천살가는 다른 천마오가와 다르게 지금까지 가문의 독자적인 이익을 위해서 각 성이나 도시의 세력권에 직접적인 개입을 한 적이 없소. 혹, 그 이유를 아시겠소, 피 형?"

기시혼은 동공이 가려질 정도로 눈을 얇게 떴다. 피월려가 어떤 대답을 하는지 판단하려는 것이었다. 하지만 피월려는 기시혼이 자기를 어떻게 보는지 볼 수 없었다. 그저 떠오르는 대답을 차분한 목소리로 말했다.

"한 가문이 이익을 취하려는 것은 미래를 위함이오. 가문이 쇠하지 않게끔 재력이나 영향력을 키우고, 그 후대를 도모하는 것이지. 하지만 천살가에선 무공이 뛰어난 자를 선별할 이유도 없고 더 많은 재력을 욕심낼 필요도 없소."

피월려의 대답에 기시혼은 만족한 듯 고개를 끄덕였다.

"맞소. 천살가에는 천살성만 들어올 수 있고, 천살성이 익히는 마공도 다른 마공과 궤를 달리하오. 말한 대로 인재를 뽑아 고수를 양성할 필요도 없고, 다른 곳의 고수를 초빙할 이유도 없지. 다만 한 가지, 천살가에서 다른 가문만큼이나 소중히 여기는 힘이 있소. 아니, 다른 가문에 절대 뒤져서는 안 되는 것이오. 그것이 뭐라 보시오?"

천살가는 피월려가 말한 대로, 천살성의 확보가 가장 중요하다.

그럼 답은 이미 나와 있다.

"정보력 아니겠소? 천살가의 힘이 커지는 것을 두려워한 자들이 천살성을 찾아도 보고하지 않을 수 있기 때문이오."

"흠. 그 역시 정확하오, 피 형. 이토록 천살가에 대해 잘 아는 것을 보면, 이쪽으로 연이 있소?"

"내가 천살가와 가진 연은 혹설뿐이오."

기시혼의 두 눈이 동그랗게 변했다. 그는 찻잔을 내려놓으며 말했다.

"혹설? 설마? 아! 그리고 보니, 시록쇠 형주님께서 말씀하신 것이 기억나오. 낙성혈신마(落星血身魔)와 아는 사이시오?"

"본인이오. 심검마 이전의 별호였소."

"……."

순간 기시혼의 뇌리를 스치는 기억이 있었다.

처음 혹설이 천살가에 당도했을 때, 천살가에 있던 모든 천살성들이 적어도 한 번씩은 그녀를 구경하러 왔었다.

여자가 천살성인 것도, 십 대 초반의 어린애가 천살성인 것도 당장 하는 일을 멈추고 구경하러 올 정도로 희귀한 경우다.

그러니 그 둘을 모두 갖춘 혹설의 이야기를 들었다면, 당장 수행하던 명령을 그만두고 구경 와도 이상하지 않을 정도였다.

기시혼도 역시 그녀를 만났었고, 짧은 대화 중에 흑설은 피월려라는 이름을 한 번 언급했었다. 스쳐 지나가는 이름이었고, 또 그 당시에는 여자라고 생각했기 때문에 예상과 너무나 다른 피월려의 외견을 마주하면서 미처 떠올리지 못한 것이다.

이상한 낌새를 느낀 피월려가 되물었다.

"왜 그러시오?"

피월려는 몰랐지만, 기시혼은 입을 살포시 벌린 채, 오른손으로 주먹을 쥐고 입술에 대고 있었다. 그는 악누를 곁눈질로 보았지만, 악누는 이미 코를 골며 잠에 빠져 있었다.

미리 이야기하지 않은 것을 보면, 비밀로 하는 것이다.

기시혼이 말했다.

"가족이니, 그럼 더 이상 뭘 물어볼 필요도 없겠군. 자리에서 일어납시다."

"지금 말이오?"

기시혼이 의자에서 일어나 옷을 한번 털었다. 그러자 갑자기 악누가 신경질적으로 외쳤다.

"먼지 나니 나가서 털어라. 죽기 싫으면."

한 번 더 옷을 때리려고 들어 올린 양손을 민망하게 내리며 기시혼이 악누에게 예를 갖추었다.

"천살가에서 뵙겠습니다."

악누가 아무런 대답을 하지 않자, 기시혼은 피월려를 보았다.

"자, 능력도 신뢰도 확실하니 더 지체할 것이 무에 있단 말이오? 사실 홀로 가서 입씨름을 하기에는 조금 꺼려지는 곳이 있는데, 왠지 피 형과 함께라면 잘해낼 수 있을 것 같소 . 마차 안에서 상황을 설명하겠소."

피월려의 손을 덥석 잡고 일으키는 터라 피월려는 자리에서 일어나지 않을 수 없었다.

기시혼은 조금 흥분한 것인지 신이 난 것인지 발걸음이 가벼웠고, 피월려는 얼떨결에 그와 함께 밖으로 나가게 되었다.

제구십칠장(第九十七章)

객잔 사람이 마차를 빌리러 간 사이, 피월려와 기시혼은 일층에 마련된 아궁이 근처에서 서 있었다. 기시혼은 추운 날씨에 몸을 떠는 피월려가 안쓰러웠는지, 주인에게 말해 손님들은 들어올 수 없는 주방에 들어가기를 청했고, 주인은 천살가의 부탁을 감히 거역할 수 없었다.

자정이 넘어가는 시각이었으나, 도시의 가장 큰 객잔답게 아직 회포를 풀지 못한 무인들과 장사치들의 술판이 곳곳에서 벌어지고 있어, 음식을 대는 주방 또한 바빴다. 그곳은 후끈거리는 열기와 숨을 틀어막은 습기가 가득해 늦가을의 찬

기운을 전혀 느낄 수 없었다. 기시혼은 피월려를 한 아궁이 옆에 세웠다.

그 바쁜 와중에 아궁이 하나를 떡하니 차지하고 있는데, 그 누구도 그들에게 아무 말도 못 했다.

피월려가 말했다.

"천살가의 힘이 어디서 나오는지 알겠소."

칼 소리와 고함이 가득한 주방에서 피월려의 미약한 소리는 거의 없는 것과 다름이 없었다. 기시혼은 내력으로 청력을 강화하며 전음했다.

[뭐라 하셨소?]

"천살가의 힘이 어디서 나오는지 알 것 같다고 했소."

피월려의 말에 흥미를 느낀 기시혼이 웃는 듯 마는 듯한 표정을 지었다.

[아, 그렇소? 그럼 한 번 물어보겠소. 어디서 나온다 보시오?]

피월려는 머리를 조금 움직이며 주방의 열기와 습기 속에 감춰진 기운을 느꼈다. 그것은 고약한 냄새처럼 눈에는 보이지 않으나 존재감을 확실히 드러내는 것이었다.

"주방에서 칼을 쓰는 자들은 다른 범인들만큼 무림인을 두려워하지 않소. 그럼에도 그들이 기 형에게 가진 두려움이 상당하다는 것이 느껴지오. 깅남인 니도 피부로 느낀 만큼인데,

얼마나 큰 두려움이겠소."

올라갈 듯 말 듯하던 기시혼의 한쪽 입꼬리가 결국 올라갔다.

[천살성을 두려워하지 않는 자가 어디 있겠소? 하물며, 천살성들이 모여 만든 천살가가 주는 두려움은 더 말할 것도 없소. 하지만 그것만은 아니오.]

"그럼?"

[천살가는 상납금을 받지 않소. 그냥 필요한 게 있으면 그때그때 사람을 보내 요구할 뿐이오. 그러니, 그들 입장에서도 천살가가 지배자로 있는 것이 더 좋소. 암묵적으로 천살가의 지배를 받아들이는 것이지.]

"그런 식이라면 분명 조금씩 봐가면서 슬슬 얕잡아보는 세력들도 나타날 것인데, 그들은 어찌 상대하시오?"

[뭐, 날씨 좋은 날, 하루 잡아서 도륙하오. 남녀노소뿐만 아니라 살아 있는 가축까지도.]

"……."

[그냥 우리 방식이오. 뭐, 천살가에겐 딱히 적당한 명분이 필요 없소. 천살성이라는 특수성을 모르는 자는 없지. 우리가 수틀리면 누구라도 죽음을 면치 못하는 것이고, 다들 그걸 그냥 그렇다고 생각하오. 자연재해쯤으로 생각하지.]

"경고도 타협도 없소?"

[천살가는 명을 내릴 뿐이고, 그에 반하면 도살할 뿐이오.]

"그들이 명을 수행할 능력이 없으면 어떻게 하오?"

[뭐, 그 역시 마찬가지로 도살할 뿐이오.]

"……"

[정말 어떤 때는 말도 안 되는 이유를 꼬투리 잡아 사람을 도륙하오. 우리 형주 중에는 물 한 잔을 달라는 명령을 제때 수행하지 못했다고, 백 명이 넘어가는 사람을 도살한 적도 있지. 그때는 너무 심하다 싶었는지 가주가 그 목을 베서 선물했었소. 유감스럽다고.]

"……"

[뭐, 그런 식이오.]

"지금까지 그 업보를 어찌 감당했소? 수많은 사람들이 복수하려고 달려들 텐데."

기시흔은 멀리서 달려오는 한 사내를 보았다. 그 사내는 마차를 빌려오겠다고 말한 사내였다.

기시흔이 피월려의 팔목을 잡고 걸었고, 피월려는 그의 안내를 따라 역시 걸음을 옮기기 시작했다. 앞장선 기시흔이 피월려에게 전음을 보냈다.

[아, 그 업보라는 놈은 사실 양심에서 비롯되는 경우가 많소. 양심 때문에 깨끗하게 일 마무리를 못 하면 그게 업보가 돼서 찾아오는 것이지. 애초에 깨끗하게 일 처리만 한다면 이

래도 되나 싶을 정도로 업보가 찾아오지 않소.]

"……."

[뭐, 강호 밑바닥에서부터 살아남으신 터라 내 말을 믿지 못할 수 있겠소. 그곳에선 작은 행동 하나하나가 미래에 엄청난 파장을 불러오니 말이오. 하지만 업보라는 건 같은 위치에 있는 사람끼리 생기는 것이오. 내가 벌레를 밟아 죽인다 하여, 다른 벌레가 내게 복수할 것 같소? 마찬가지이오. 사람 수십 수백을 죽여도 상관없소. 같은 위치에만 있지 않으면 말이오.]

"동의할 수 없소. 사람 한 명을 죽이고 마는 것이 얼마나 큰 영향을 미치는지 몰라서 하는 소리시오."

[흠, 그렇게 말씀하시는 피 형은 현무인귀에게 복수할 것이오? 내 듣기로는 마음이 공허할 뿐, 복수할 마음조차 생기지 않는다 들었소만.]

"……."

촌철살인 같은 그 말에 피월려는 아무 말도 할 수 없었다.

기시혼이 전음했다.

[흠, 솔직히 내 관점에서 말하겠소. 복수할 마음이 생기지 않는 이유가 마치 세상일에 초연해진 허무함 때문이라고 주장하시는 듯한데 사실은 그저 복수가 불가능할 것 같아서 그런 거 아니오? 마치 감히 천살가에 대항하지 못하는 수많은 자들처럼 말이오. 자기 자신에게 하는 거짓말이 아니라고 확신할

수 있소?

"……"

[복수란 건 할 만해 보일 때나 하는 것이오. 인간이 웃긴 것이, 아예 할 만한 생각이 안 들면 스스로 이유를 만들어서 복수를 접소. 용서를 구한 적도 없는데 지들이 먼저 용서하지. 아니면 절간에 들어가 스스로의 분노를 다스리오. 아니면 자기가 전에 죄악을 저질러서 벌을 받았다고 이해해 버리오. 혹은 자기와 동등한 위치에 있는 다른 엉뚱한 곳에 분노를 표출하지. 그 꼴을 보고 있으면 정말 폭소가 절로 나오.]

피월려는 자문했다.

나는 내가 스스로에게 변명거리를 만드는 것이 아니라고 확신할 수 있는가?

확신할 수 없었다. 그렇기에 아무 말도 더 하지 못했다.

그들은 안내를 받고 마차에 올라탔다. 마차 안은 각양각색의 동물 가죽으로 덮여 있었고, 천장부터 바닥까지 그 털로 가득하여, 찬기가 스며들지 못했다. 내부만 놓고 보면, 황제가 타고 다녀도 그 품격에 손색이 없을 만큼 고풍스러운 마차였다.

피월려가 자리에 앉는 것을 확인한 기시혼이 반대편에 앉았다. 그는 눈을 감고 주문을 읊듯 중얼거리더니, 곧 손을 활싹 펴며 눈을 떴다.

기시혼이 말했다.

"자, 방음막을 펼쳤소. 편히 말해도 될 것 같소."

피월려는 생각을 정리하며 물었다.

"정말로 업보가 실존하지 않는다고 믿으시오?"

기시혼은 그 말을 듣는 순간 웃음을 참지 못하고 터뜨렸다. 그렇게 한동안 웃음을 멈추질 못한 그는 자기 입을 가리면서 사과했다.

"아, 미안하오. 그런데 지금까지 그 생각에 매달려 계셨소? 생각보다 순수하시오. 하하하."

피월려는 조용히 말했다.

"정말 믿기 어려워서 그렇소. 나는 지금까지 업보 속에서 살았소. 마치 진흙탕에 빠진 것처럼 절대 헤어 나올 수 없었소."

기시혼이 물었다.

"업보가 두렵소?"

피월려가 대답했다.

"두려웠소. 하지만 지금은 그렇지 않소."

"왜 그렇소?"

"모르겠소. 하지만 더 이상 두렵지 않다는 건 사실이오. 하지만 그건 감성적인 걸 말하는 것이오. 업보가 실존하지 않는다는 생각까진 미치지 못했소. 그래서 알고 싶소. 왜 업보가 실존하지 않는 것이오?"

피월려는 기시혼의 비웃음에도 진중한 태도를 유지했다. 이를 느낀 기시혼의 표정에선 서서히 웃음기가 사라졌다.

기시혼이 조금은 진지해진 어투로 설명했다.

"흠, 천살성과 범인의 차이점을 나누는 기준은 천살가 내부에서도 말이 많소. 내 생각에는 그 차이가 '업보를 두렵게 만드는 마음'에 있다고 보오. '인과응보를 믿게 만드는 마음'이라고도 할 수 있소. 혹은 간단히 양심이라고도 말할 수 있지만, 그것보다는 좀 더 넓은 개념이오."

피월려는 기시혼의 말을 따라 중얼거렸다.

"업보를 두렵게 만드는 마음 내지는 인과응보를 믿게 만드는 마음이라……."

기시혼은 더운지 외투 하나를 벗으면서 설명했다.

"사람들은 그 마음속엔 자행하는 모든 행동으로 인해 어떤 인과응보가 닥칠 거라고 믿소. 이것이 바로 인성(人城)의 핵심이오. 천살성은 그것에 얽매이지 않았소. 짐승의 신인 백호의 축복을 받은 천살성은 흔히 인성이 없다고 하지만 사실 인성이 없는 것이 아니라 자유로운 것이오."

피월려는 눈썹을 찡그렸다.

"그럼 내가 어떠한 행동을 한다 한들, 미래에 내게 미칠 영향까지 아무런 상관도 없다는 것이오?"

기시혼은 밝은 미소를 지으며 손을 내저었다.

　"아니, 그런 뜻이 아니오. 내 말은 아무 이유 없이 그렇게 무작정 믿게 만드는 마음을 말하는 것이오. 인성은 내가 하는 모든 행동이 다 내 미래에 영향이 있을 거라고 말하오. 하지만 그것은 사실이 아니오. 어떤 행동은 영향이 미미하고 또 어떤 행동은 영향이 아예 없소. 하지만 그런 것들조차 영향이 클 것이라고 믿게 만드는 그 마음. 그걸 말하는 것이오. 그 마음이 업보 혹은 인과응보라는 환상을 만들어내는 것이오."

　피월려는 악누의 말을 따라 했다.

　"예를 들어보시오."

　기시혼의 초점이 피월려의 얼굴을 벗어나 천장 위로 향했다.

　"흠, 어느 가족이 있소. 아버지와 어머니 그리고 어린 아들과 딸이오. 자, 이들을 죽임에 있어서 어떠한 인과응보도 발생하지 않는다고 가정하겠소. 뭐, 험준한 산골짜기에 살아서 세상 그 누구와도 연이 없다고 하면 되겠군. 자, 그들을 죽이면 내게 금 열 냥이 생긴다고 합시다. 그럼 죽이시겠소? 인성이 올바른 사람은 죽이지 않는다고 대답할 것이오."

　"……."

　"자, 문제를 바꿔보도록 합시다. 그들이 모두 죽을병에 걸렸는데, 그걸 방관만 해도 금 열 냥이 생긴다고 하면? 몇몇은 그렇게 할 것이오. 그리고 더 나아가서 그들이 자연적으로 죽기만 해도 금 열 냥이 생긴다고 하면? 그 금 열 냥을 받을 거냐고 묻는다면? 그럼, 누구든 받겠다고 말할 것이오. 왜 그런 차이가 있겠소? 인과응보를 믿기 때문이오. 인과응보가 적용되지 않는 상황에서조차 말이오."

피월려는 기시혼의 말이 무슨 뜻인지 알 것 같았다.

"천살성에겐 그 세 가지 상황이 같은 상황이로군."

기시혼은 고개를 끄덕였다.

"천살성도 기뻐할 수 있소. 슬플 수도 있소. 심지어 때에 따라선 사람을 살릴 수 있소. 천살성은 감정이 죽거나 이성이 마비된 것이 아니오. 그저 인성에서 자유로운 것뿐이오. 그렇기 때문에 천살성이라면 그 가족을 죽이고 금 십 냥을 취할 것이오."

피월려는 기시혼의 말을 이해했다.

기시혼이 생각하는 천살성이란 인과응보와 같은 기준을 완전히 배제한 채 논리적으로 상황을 판단하는 것을 말한다. 즉, 조건과 책임이 어떠하든 같은 결과로 귀결된다면 같은 행동을 할 것이며, 따라서 위에 세 상황에도 같은 행동을 하는 것이다.

피월려는 턱을 괬다.

"알겠소. 하지만 그보다는 더한 차이가 있다는 생각을 지울 수 없소."

기시혼은 피월려를 따라 턱을 괬다.

"흠, 천살지장과 마주한 적이 있다 들었는데, 그 때문에 선입견이 생겨 그럴 수 있소. 그는 음양의 조화가 깨져 생명이 꺼져가는 특별한 상황에 있어서 그런 것이오. 심성이 착한 사람이라도 특별한 상황에 있으면 살인할 수 있지 않소? 그걸 보고 인간은 모두 잔인하다고 생각하는 건 극단적인 선입견이오. 마찬가지로 천살지장의 경우를 생각하고 천살성을 생각하는 것도 옳지 못하오. 흑설의 경우를 생각해 보시오. 흑설도 그렇게 아무나 죽이는 살인마였소?"

"……"

"업보는 그걸 믿는 자에게 찾아오는 법이오. 이해했소?"

피월려는 느리게 고개를 끄덕였다.

"알 것… 같소."

기시혼의 표정이 밝아졌다.

"자, 그럼 진짜 본론으로 들어가도 되겠군."

"본론?"

"우리가 움직이는 목적 말이오."

피월려는 자기가 조금 이기적이었다는 걸 깨닫고는 포권을 취했다.

"미안하게 되었소. 시간을 많이 뺏었군."

기시혼은 빙그레 웃었다.

"미안해할 정도는 아니오."

"……"

기시혼은 자기도 모르게 품속에서 지도 하나를 꺼냈다. 하지만 곧 눈이 없는 피월려에겐 아무런 쓸모가 없다는 걸 깨닫고는 다시 품속에 넣으며 말했다.

"흠, 장강의 수로를 지배하는 장강수로십팔채(長江水路十八寨) 중에서 가장 큰 곳은 동정호(洞庭湖)에 있는 동정채(洞庭寨)와 파양호(鄱陽湖)에 있는 파양채(鄱陽寨)이오. 우리는 그중 파양채에 갈 것이오. 그들은 파양호 어딘가에 비밀 근거지를 두고 있고, 파양호 지역의 물길을 실질적으로 지배하고 있소."

피월려가 말했다.

"장강수로십팔채라면 녹림만큼이나 거대하고 까다로운 세력이라 들었소. 설마 그들도 천살가의 아래 있는 것이오?"

기시혼은 고개를 흔들었다.

"딱, 그렇게 잘라서 말할 순 없소. 그들이 가진 무력은 감히 천살가에 비교할 바 못 되지만, 그것을 넘어서는 이점을 그들이 가지고 있소."

"무엇이오?"

"수로채는 그들의 독자적인 기술로 만든 인공 섬에 근거지를 두오. 느리지만 움직일 수 있기에 그 정확한 위치를 절대 파악할 수 없소. 또한 물 위에선 귀신처럼 움직이는 자들이오. 천살가에선 그들을 멸절하려 해도 할 수 없지."

"그럼 반목하는 사이이오?"

"아, 그것도 아니오. 그들도 천살가에게 밉보여선 강서 땅 위에서 아무것도 하지 못하니, 형식적으로라도 섬기고는 있소. 하나 그들은 장강 전체에 퍼져 있는 세력이오. 다른 문파처럼 맹목적인 충성을 기대하기는 힘들지."

"그래서 홀로 가기 까다롭다고 하신 것이로군."

"흠, 그들에게 할 수 있는 요구는 한계가 있소. 따라서 심계의 대가이신 심검마의 도움이 필요한 것이오."

피월려는 잠시 고민한 뒤에 물었다.

"천살가가 그들을 필요로 하는 이유가 정확히 무엇이오?"

기시혼은 대답했다.

"내 생각에는 무림맹의 제삼군을 막기 위해서 천살가의 힘을 쓰는 방법이 두 가지가 있소. 하나는 천살가의 힘으로 직접 막는 것. 둘은 천살가의 힘으로 강서성 내부에 흑도문파의 연합을 만드는 것이오. 자, 피 형이 보시기엔 내가 어느 방법을 사용할 것 같소?"

피월려는 간단하게 대답했다.

"둘 다."

"……."

"틀렸소?"

기시혼은 괜히 뜸을 들이다가 또 물었다.

"혹 이번 일이 어느 것과 관계되었는지도 알 수 있겠소?"

피월려가 살포시 미소 지었다.

"나는 천살가의 힘의 규모를 정확히 모르오. 질문이 너무 가혹하다 생각하지 않으시오?"

기시혼은 이죽거리며 말했다.

"에, 한번 추측이라도 해보시오. 도착할 때까진 시간이 아주 많소."

기시혼은 피월려의 지혜를 시험해 보고 싶어서 안달이 난 듯싶었다.

피월려는 미소를 잃지 않은 채, 천천히 그의 생각을 말했다.

"그 두 가지 경우에 필요한 힘의 유형이 다르다고 생각하오. 직접적으로 무림맹을 막아서려 한다면, 무림맹의 고수들을 상대할 수 있는 무력이 필요할 것이고, 간접적으로 무림맹을 막아서려 한다면, 흑도문파들의 연합을 이끌 수 있는 무력이 필요할 것이오."

"그래서?"

"천살가의 무력을 묘사하시실 순수하고 타립이 불가능한 힘이라 하셨소. 또한 천살가는 심계에 약하다고도 했소. 즉 힘으로 지배한다기보다는 그 여파인 공포로 지배를 하는 측면이 훨씬 크오. 그리고 공포는 그 존재감만큼이나 허무한 것. 흑도문파는 신의(信義)를 생각할 것 없이 자기의 이익을 추구하오. 천살가가 조금이라도 빈틈이 보인다면 이런저런 핑계로 명령을 수행하지 않을 것이고 오히려 무림맹에게 붙어 배신하는 문파도 있을 수 있소. 천살가가 이길 수 있다는 확신이 없다면 그들은 적극적으로 싸우지 않을 것이오. 따라서 두 가지를 한 번에 하기 위해선 한 가지 조건이 필요하오."

기시혼은 입꼬리를 씰룩거리며 말했다.

"하, 사람을 안달 나게 하는 재주가 있소. 빨리 말해보시오."

피월러가 말했다.

"바로 천살가의 힘을 먼저 보여줌으로써 승리를 믿게 만드는 것이오. 우선적으로 강서성의 모든 흑도문파가 납득할 만한 사건을 일으킨 후에나, 그들에게 명령을 내릴 수 있을 것이오. 아니, 명령을 내리기 전에 먼저 자기들이 발 벗고 나선다고 하겠지. 이번에 파양채에 가는 이유는 바로 그 첫 번째 사건. 그것을 일으키기 위해서 가는 것이라 생각하오."

기시혼은 감탄사를 내뱉으며 연신 고개를 끄덕였다.

"호오… 좋소. 그것까지 맞다고 하고 한번 계속 해보시오.

내가 일으키려는 사건이 무엇이겠소?"

피월려는 끝까지 미소를 잃지 않았다.

"무림맹 제삼군을 이끌고 있는 남궁세가를 먼저 멸절하는 것이오. 그것이 가능하려면, 서로 지원이 힘든 배 위에서 속전속결로 싸워야 하는 것이고, 따라서 뱃길을 잘 아는 장강수로채의 도움이 필요하오. 그 뒤라면, 나머지 무림맹 제삼군을 소탕하라는 명령을 내릴 때 어느 흑도문파도 감히 거부하지 못할 것이오."

"……"

"살기를 아끼시오. 아무것도 남아 있지 않은 노인에게 주기엔 너무 지나치시오."

너무나 날카로웠던 기시혼의 눈이 순간 동그랗게 변했다. 그제야 자기가 살기를 발산하고 있었다는 것을 깨달은 그는 포권을 취하고 고개를 숙였다.

"미안하오. 천살성이라 가끔 이럴 때가 있소. 이해하시오."

피월려가 말했다.

"괜찮소. 미안할 정도는 아니오."

"……"

"정답을 말해줄 때도 되지 않았소? 기 형에겐 사람을 안달나게 하는 재주가 있소."

기시혼은 팔짱을 끼며 실소를 흘렸다.

"핫. 참 재밌는 버릇이오. 남의 말을 따라 하고."

그 말을 들은 피월려는 짧게 과거를 회상했다.

"마공을 잃고 예전의 것을 되찾은 듯 하오. 자, 정답을 말씀해 주시오."

기시혼이 말했다.

"하, 거의 맞히셨소. 그러나 딱 하나 틀린 점이 있소."

피월려는 재빠르게 끼어들었다.

"모르겠으니, 괜히 묻지 마시고 그냥 알려주시오."

그에게 되물으려던 기시혼은 입까지 올라온 말을 삼켰다.

그는 이토록 흥미로운 대화 상대를 언제 만나보았는지 생각했지만 기억나지 않았다.

이상하게 기분이 좋아진 기시혼이 말했다.

"남궁세가는 안휘성 합비(合肥)에 위치해 있소. 무림맹에서 내려오는 세력과는 이미 동떨어져 있지. 내 예상으로는 호구(湖□)까진 물길로 내려와서 제삼군과 합류할 것이오."

피월려는 의문이 생겼다. 호구라면 천살가에서 지척인데, 그 전에 합류를 하지 않고 독자적으로 내려온다는 점이 마음에 걸렸기 때문이다.

피월려가 물었다.

"아무리 그게 최단 거리라고 하지만 설마 강서까지 내려와서 합류를 하겠소?"

기시혼이 대답했다.

"중원 동쪽의 세력권으로 이뤄진 무림맹 제삼군엔 황보세가처럼 오대세가의 자리를 노리는 많은 명가들이 있소. 그들을 지휘하는 입장임을 확실히 표명하기 위해서라도 남들이 생각하는 것보다 과감히 움직일 필요가 있을 것이오."

"천살가와 같은 입장이군. 북쪽에서 내려오기 때문에 무조건 한 번은 장강을 건너야 하지 않소?"

"바로 그때를 노릴 것이오. 제삼군과 남궁세가가 따로 장강을 건널 것이고, 때문에 장강수로채의 도움을 받아 본군과 떨어진 그들을 노릴 수 있을 것이오."

"선공이로군."

"제삼군 전체 세력 중 남궁세가만 따진다면 적게는 일 할, 많게는 이 할에 지나지 않소. 그들을 천살가에서 선공하여 멸절할 경우, 팔 할에서 구 할에 해당하는 나머지를 '잔당'이라 칭할 명분이 생기오. 그때부턴 천살가의 힘을 흑도문파들을 관리하는 데 사용하고 그들에게 뒷일을 맡기면 되오."

피월려는 기시혼의 생각에 몇 번이고 동의했다.

"좋은 수이오. 이런 대규모 연합 간의 싸움은 그 누구라도 생소할 터인데 이런 병법을 어찌 생각해 냈소?"

"역사와 산술이오. 내가 경험하지 않은 것을 활용하기 위해선 첫째, 과거의 경험을 들을 줄 알아야 하고 둘째, 그것을 미

래에 적용할 줄도 알아야 하오. 입교하기 전에 그 둘에 일가
견이 있었소. 천살성이 된 후에도 머리 굴리는 데 보탬이 되었
었는데, 이렇게 큰일에도 써먹을 수 있을 줄은 나도 몰랐소."

"……"

"겉으로 보기에는 각각의 세력이 매우 크지만, 그 안은 정
말로 약한 결속으로 이루어져 있소. 그 점을 먼저 이용하는
쪽이 승자가 될 것이오. 그와는 반대로 장강수로채의 연합은
오랫동안 지속되어 왔던 것이라 끊어지기 어렵소. 그들은 항
상 서로의 결속이 약한 것처럼 말하면서 심계를 걸지만, 최후
에 가서는 절대 갈라서지 않지."

"장강수로채가 손을 드는 쪽이 이기는 싸움이군."

"본 교도 최근에 교주를 잃어 어수선하오. 무림맹도 검선이
라는 구심점을 잃어 어수선하기는 마찬가지. 따라서 이번 흑
백대전은……"

피월려는 순간 믿을 수 없는 소리에 그의 말을 잘랐다.

"잠깐. 검선이 죽었소?"

기시혼은 순간 멍하니 피월려를 보았다.

"정말 모르셨소?"

"어, 어떻게 죽었소?"

"검선은 혈수마제와의 싸움에서 부상을 입은 채 제갈세가
와 분쟁하다 기문둔갑에 휘말려 생명을 잃었소."

"그, 그런……."

"무당파는 본 교가 제갈세가와 무당파가 공정하게 시시비비를 가리는 틈을 타서 비겁하게 그들을 암습했다고 공표했소. 그리고 그에 대한 엄벌을 가하겠다는 것이 이번 무림맹에서 선포한 흑백대전의 명분이오. 뭐, 중원이 꽤 오랫동안 잠잠했기에 각 문파의 힘이 포화 상태에 이르러 어차피 일어날 일이긴 했소."

"……."

기시혼은 말하는 와중에도 피월려의 안색을 살폈는데, 정말로 피월려는 어떻게 일이 돌아가고 있는지 잘 모르는 듯 보였다.

기시혼이 말했다.

"그 당시 도주한 피 형의 신물을 노렸던 이들 중 현 교주이신 시화마제께서 피 형을 사냥하는 데 성공했다고 했소. 그리고 때마침, 양패구상에서 회생하지 못한 혈수마제께서 죽게되자 시화마제께서 교주로 등극하신 것이오. 하지만 다른 의혹도 있소. 바로 신물주였던 피 형이 검선과의 일에 휘말렸다는 소문 말이오. 하지만… 피 형의 반응을 보니 정말 모르는 듯하오."

기시혼은 자세한 내막까진 모르는 듯했다.

피월려는 그렇게 두는 것이 좋을 것 같아, 고개를 살짝 끄덕였다.

"몇 개월 간 송장처럼 지냈소. 그럼 린 매… 아니, 시화마제가 교주로 등극한 그 당위성(當爲性)이 의심받겠소?"

진설린은 성음청을 정식으로 꺾고 올라선 것도 아니고 성음청이 부상으로 인해 죽게 되는 그 순간 신물주였기에 교주의 자리에 오르게 되었다. 또한 그녀는 입교한 지 일 년이 채되지 않았고, 그 출신조차 백도의 오대세가인 황룡무가다. 천마신교 내부가 시끄러운 것은 어찌 보면 당연했다.

기시혼이 말했다.

"암, 받다마다. 그러나 당시 신물주였던 피 형의 명성을 생각해서, 피 형을 꺾고 신물을 얻었다는 점 때문에 최소한 천마라고 인정하긴 하오. 또한 현무인귀가 새로운 신물주가 되어 그 누구도 함부로 도전할 수 없게 되었소."

"그것만으론 천생 무골인 마인들이 납득하진 않았을 것 같소만?"

"물론 천마오가의 강골들을 시작으로 서서히 의문이 제기되었소. 그러다가 운이 좋게도 흑백대전이 터지니, 각 성의 방어를 각각의 천마오가에 맡겨 버리는 수법으로 그 논란을 빗겨가고 있소. 교주께는 이번 흑백대전이 정말 큰 호재로 작용하고 있지. 만약 이번에 본 교가 승리한다고 가정하면, 각 천마오가의 세력을 줄이는 것과 동시에 본인의 입지를 높이는 강력한 한 수가 될 것이오. 그때면 그 누구도 당위성을 의심하지 않을 것이오. 아니, 하지 못하지."

"……."

"잠시 이야기가 샜군. 본론으로 돌아가서, 파양채는 기본적으로 우리에게 우호적일 것이오. 하나 그들은 장강수로십팔채는 단순한 연합일 뿐이라는 말로 곤란한 요구를 거부해 왔소. 이를 내세워서 남궁세가가 장강을 건너는 지점에서 기습하는 것에 협조하지 않을 것이오. 그 점에서 피 형이 날 도와줘야 하오. 솔직히 지금도 어찌 말을 해야 할지 감이 잡히지 않소."

피월려는 더운지 온주피를 반쯤 벗으며 말했다.

"협상을 하기 위해선 우리가 제안할 수가 있어야 하오. 천살가에서 파양채에게 제안할 수 있는 것이 무엇이 있소?"

"그것부터 문제이오. 협상이란 걸 해본 적이 없으니, 무엇을 줘야 할지도 모르겠소."

"……."

"믿으시기 힘들겠지만, 내가 천살가에서 가장 심계를 잘한다는 악누 형주님의 말은 사실이오. 그러니 내가 수를 생각해 내지 못했다면, 천살가에선 아무도 못하오."

피월려는 한숨을 내쉬었다.

"하아. 사람은 남을 위한 행농을 하는 네 두 가시 이유가 있소. 나에게도 득이 되거나 나에게 해가 되는 것을 막거나. 이득을 줄 수 없다면, 해를 끼치지 않겠다고 해야지."

기시흔은 피월려가 말하는 바를 깨닫곤 눈살을 찌푸렸다.

"협박을 말하는 것이오? 말했지만 그건 통하지 않을 것이오."

기시흔은 단언했다. 하지만 그것은 자신감에서 나온 단언이라기보단 불안감을 지우기 위한 단언이었다. 이를 의심한 피월려가 물었다.

"지금까지 안 해보셨소?"

"천마급 고수가 몇 명이든 말든 소용없소. 이 방대한 파양호에서 그들의 근거지를 어찌 찾는다는 말이오?"

대답을 회피한다는 건, 답은 준 것과 진배없다.

피월려가 낮은 목소리로 말했다.

"안 해봤군."

"……."

"그래서 협박이 통하지 않는 것이오."

"무슨 말이오?"

"한 번도 협박을 하지 않았기에 협박이 통하지 않는다는 말이오. 사람 간의 관계에서 첫인상이 중요하다는 걸 모르시오? 그건 집단과 집단 사이에서도 마찬가지이오."

"……."

"그럼 역시 협박을 하는 건 좋은 방법이 아닌 것 같소. 확실한 우위에 있는 것도 아니고 무림맹과 대적하는 상황이라면, 오히려 역효과를 내겠지. 현재로선 공포로 그들을 다스리는 건 상책이 아니오."

기시혼이 답답한 듯 말했다.

"그래서 피 형을 부른 것이오. 모르겠소? 만약 힘과 공포로 무림맹을 물러나게 만들 수 있었다면 애초에 피 형의 심계를 바라지도 않았을 것이오. 천살가는 가문 특성상 천마오가 중에서도 인원이 극도로 적소. 그 때문에 공포를 통해 장악력을 부풀리지 않으면 통치가 불가능한 것이오."

"⋯⋯."

피월려는 어디까지 말을 해야 하는지 몰라 잠시 침묵했다. 천살가에서 피월려가 필요한 이유는 단순히 심계를 위한 건 아니기 때문이다. 하지만 기시혼이 말하는 것을 들어보면 피월려와 천살가의 관계를 정확히는 모르는 것 같았다.

그런데 기시혼은 그 침묵을 다르게 이해했는지, 얼굴이 차가워지고 있었다.

"그럼 피 형도 수가 없는 것 아니오?"

피월려는 차분한 목소리로 대답했다.

"기 형은 아직 중요한 걸 내게 말하지 않았소. 가장 중요한 핵심 말이오."

"……."

"파양채가 우리와 협력한다 해도 남궁세가의 전력을 어찌 막을 셈이오? 이후 잔당들을 처리하기 위해 흑도문파들을 다스리려면 천살가에 아무런 피해도 없어야 하오. 기 형은 그걸 아무렇지도 않게 확신하고 있소. 그 비밀을 말해준다면 파양채가 천살가와 협력하게끔 내가 만들겠소."

여유로움을 넘어서 포근하기까지 한 미소를 본 기시혼의 표정이 굳어졌다.

*   *   *

성자 강변에 도착한 마차는 바퀴가 분리되어 가마가 되었다.

여덟 명의 일꾼들이 둘씩 각각의 바퀴를 대신하여 들고 움직였고, 피월려와 기시혼이 타고 있던 가마를 보선(寶船)에 옮겨 실었다.

보선은 전장이 44장, 선폭이 18장이나 되는 대형선으로 한 번에 쌀 천만 근을 옮길 수 있다 하여 천만선이라고도 불린다.

전 중원에도 몇 없는 이 보선은 오래전 중원 최대의 상단인 천포상단에서 천살가에 헌납한 것인데, 이를 딱히 쓸 일이 없었던 천살가는 그것을 사용하지 않는 기간 동안에는 천포상단에서 자유롭게 쓸 수 있도록 허락했었다. 하지만 기본적으로 천살가의 것이며, 이도 천포상단에서 인정하기 때문에, 기시혼과 피월려가 그곳에 들어가는 데 어떤 제지도 하지 않았다.

가마는 그 거대한 배 안쪽까지 들어갔고, 피월려가 가마에서 나왔을 때는 이미 갑판 아래였다.

"안녕하십니까?"

상단의 인물로 보이는 한 중년의 남성이 정중히 포권을 취했다. 멋들어지는 수염을 허리까지 기르고, 가지런한 복장을 한 것이 영락없는 학자의 모습이었으나, 그 눈빛에서 빛나는 차가움은 장사치 본연의 것을 드러내고 있었다.

기시혼이 말했다.

"사천에서 이곳까지 오느라 수고하셨소. 요즘 장사는 잘되시오?"

"이 강서 땅에서 천살가의 비호 아래 있으니, 장사가 어려울 것이 뭐 있겠습니까? 다만 조금 마음을 어지럽히는 소식이 들려 염려되는 부분이 있습니다."

"무림맹과 우리의 일 말이오?"

"아시다시피, 저희는 장사치. 백도가 강성한 지역에선 그들과도 연이 있습니다. 이번에 천살가의 명령을 수행하는 데노 정말 큰 어려움이 따랐습니다."

"무림인들 간의 사정이라 나 몰라라 하실 순 없을 것이오. 천포상단 정도 되면 어디에 돈과 정보를 대느냐가 판세에 영향을 미칠 것이오. 본 교에선 협력까지 바라진 않겠소. 다만 제삼자의 입장을 벗어나 그들에게 도움을 준다면 앞으로도 우리의 비호를 받을 수 있을 거라곤 생각하지 마시오."

중년 남성은 손사래를 치며 연신 허리를 숙였다.

"물론입니다. 감히 그런 생각을 품지는 않습니다. 그런데 혹한 가지 물어보고 싶은 것이 있습니다."

"무엇이오?"

"제가 들은 정보에 의하면, 황궁의 화폐 제조 기술을 가진 장인이 천마신교의 본부로 향했다고 합니다. 혹 이 일에 대해서는 아시는 바가 있는지 모르겠습니다."

"흐음. 글쎄. 본부의 일은 그렇게까지 자세히는 모르겠소."

그때까지 아무런 말도 하지 않은 피월려가 입을 열었다.

"맞다."

"……"

"금자의 제조를 청하려는 것이냐?"

피월려의 질문에 중년 남자의 눈길이 피월려에게 향했다. 극히 늙은 외관과 두 눈을 감고 있는 피월려를 본 중년 남성은 피월려의 표정을 보자마자 바로 시선을 아래로 내렸다. 반은 예의 때문에, 반은 자신의 의도를 보이지 않기 위한 장사치의 방어 본능이었다.

비록 일순간이었지만, 중년 남자는 그 정도의 압박감을 느꼈다.

"귀노(貴老)께서 제 의도를 꿰뚫어보시니 부끄럽습니다. 요즘 난세가 아닙니까? 그러다 보니 아무리 훌륭한 명가라고 해도 언제 무너질지 모릅니다. 그들이 발행한 금전보다는 그래도 황궁의 금자가 더 신용 가치가 뛰어납니다."

"얼마나?"

짧고 단도직입적인 말에 중년 남성은 연신 헛기침을 하다가 곧 자기 대답을 꺼내놓았다.

"그… 이백만 냥 정도……."

"당장은 힘드나, 이번 일이 끝나고 금을 보내면 본부에서 처리해 줄 것이다."

피월려의 단언에 중년 남성의 표정이 한없이 밝아졌다.

"예. 감사드립니다."

"물건을 보자."

"이쪽으로……."

중년 남자는 공손한 걸음으로 앞서 걸었고, 기시혼은 발을 내딛으면서 피월려에게 전음했다.

[무슨 짓이오, 이게?]

기시혼은 당연히 피월려가 전음을 할 줄 모르니 아무런 대답도 하지 않을 거라 생각했다. 그러나 피월려는 중년 남성이 듣든 말든 자기 할 말을 했다.

"인도해라."

"……."

스윽 팔을 앞으로 내미는 피월려를 보고 기시혼은 기가 차는 듯했지만, 일단 그의 장단에 맞춰줘야 한다고 생각하곤 아무 말 없이 피월려의 팔을 잡고 길을 안내했다.

그들은 그렇게 선체 가장 밑바닥까지 내려갔다. 먼저 내려간 중년 남자가 횃불을 밝히고 주변을 보여주면서 막 계단을 내려온 피월려에게 말했다.

"여기 있습니다. 지금은 잠을 자고 있습니다."

"기시혼, 확인해라."

기시혼은 피월려의 명령에 자존심이 꿈틀거렸지만, 여기선 화를 낼 수 없다는 걸 누구보다도 잘 알았기에 겨우겨우 화를 참아냈다.

본인의 말대로, 기시혼은 천살성으로서 참으로 이례적인 인물임이 틀림없었다.

그는 주변에 놓인 한 나무통의 덮개를 열었다. 그리고 중년 남자에게 손짓하여 횃불로 빛을 비추라 명했고, 그 빛으로 인해서 안을 볼 수 있었다.

피스스……

환한 빛 때문에 억지로 잠에서 깨어난 뱀이 성난 눈길을 하고 주변을 훑었다. 기시혼은 행여나 자기를 발견할까 얼른 뚜껑을 닫고는 피월려에게 말했다.

"맞습니다."

존댓말까지 써주면서 피월려의 장단에 맞춰준 기시혼은 즉시 전음으로 뒷말을 이었다.

[다음부턴 말이라도 해주시오.]

피월려는 그 전음을 깔끔하게 무시하며 중년 사내 쪽으로 고개를 돌렸다.

"금 이백만 냥은 확실히 금자로 바꿔주겠다. 인장값은 본 교에서 일 할 이상을 요구할 것이 뻔하지만, 이번 일을 잘해주었으니 내가 잘 말해서 일 할은 넘지 않도록 하겠다."

아예 일 할 아래로는 전혀 언급조차 하지 못하게 하는 어법. 그러나 일 할도 그리 나쁜 조건은 아니기에, 그 중년 남자는 군말 없이 포권을 취했다.

"부족한 저희의 상황을 이해해 주셔서 감사합니다."

"지금 우린 파양채에 갈 것이다. 동참하겠느냐?"

"예?"

"무슨?"

기시혼과 중년 남자는 동시에 뇌불렸고, 피월려는 선여 표정의 변화 없이 말했다.

"파양채에 가서 이것저것 요구할 생각이다. 그때, 네가 동참하면 말이 편해질 것 같아서 하는 말이다. 뭐, 네가 없어도 달라지는 건 크게 없으니 불편하면 오지 않아도 된다."

중년 남자는 영문을 몰라 기시혼을 돌아보았고, 기시혼은 다행히 그 눈길이 자기에게 닿기 전에 당황한 표정을 숨길 수 있었다.

가까스로 얼굴을 굳힌 기시혼이 말을 이었다.

"원주님께서 말씀하시지 않소? 대답하지 않고 뭐 하시오?"

중년 남자는 침을 한 번 꿀떡 삼키더니 상황을 빠르게 판단했다.

"혹… 무림맹과 관련된 일입니까?"

"그것 말곤 본좌가 본부를 떠날 일이 없지."

"……"

"말했다시피 네가 불편하면 오지 않아도 된다. 대화가 잘 진행이 안 되면 사람 몇 명 죽이면 될 일이니까. 하지만 천포상단의 대표로 네가 따라온다면 귀찮은 일이 적어지겠지. 그래서 하는 말이다. 전혀 부담을 느끼지 말거라."

중년 남자의 눈동자는 수십 번이고 흔들렸다. 수만 가지의 생각이 교차하여 가장 최선의 이익을 내는 쪽으로 고민했기 때문이다.

천마신교의 인물을 믿고 동행한다? 그리고 장강수로채 이강 중 하나인 파양채에 홀로 간다? 미친 짓이다. 아니 죽을 짓이다.

하지만 그렇기 때문에 기회인 것이다.

지금까지 천포상단에서 대선주(大船主)의 위치까지 그를 인도한 그의 감이 이번 또한 인생에 다시없을 기회라는 것을 말해주었다.

중년 남성은 포권을 다시 한번 취했다.

"동행을 허락하신다면 소신껏 행동하여 귀노께 귀찮은 일이 생기지 않도록 하겠습니다."

피월려는 몸을 돌려 계단을 올라가면서 말했다.

"이름이나 알자."

"정서철입니다. 부족하지만 천포상단의 대선주를 맡고 있습니다."

"정 선주였군. 나는 악누다. 과거 이름이 부끄러워 스스로 호화로운 별호를 붙였으나 지금 생각하면 다 부질없는 짓이지. 그냥 악누라 불러라."

"아, 알겠습니다. 악누 어르신."

피월려는 터벅터벅 위로 올라갔고, 정서철은 그의 뒷모습을 보며 잔뜩 고양된 표정으로 심호흡을 했다.

그리고 그 꼴을 보고 있던 기시혼은 어이없음과 기가 참에

웃음소리조차 내지 못했다.

*　　　　*　　　　*

성자 도심에서 벗어난 한 허름한 나무 선착장.

한참을 두고 봐야 선착장인 것을 알 수 있을 만큼 초라한 곳이었다. 곳곳에 자란 잡초가 선착장의 표면을 반 이상 덮고 있었고, 물에서 기어올라 온 수초가 선착장의 다리를 모두 감싸고 있었다. 때문에 강에서 평생을 보내는 어부들조차도 그곳이 선착장인 것을 모르고 지나가기가 다반사였다.

그런 곳에 고풍스러운 마차 한 대가 있었다.

그리고 그 앞에 피월려와 기시혼 그리고 정서철이 서 있었다.

그들은 아무것도 없는 나무 선착장에 서서 장강수로채를 기다리고 있었다.

파양채의 인공섬은 안개가 자욱한 드넓은 파양호 어딘가에 부유하고 있기 때문에 그 정확한 위치를 절대로 알 수 없었다. 따라서 그 파양채에 가기 위해선 미리 연락을 한 뒤, 이 비밀 선착장에서 데리러 오기를 기다려야만 한다.

천살가든 천포상단이든 그 누구든 이대로 따르지 않는다면 절대로 파양채에 다가갈 수조차 없었다.

늦가을 밤의 한기는 서서히 피월려의 몸에 침투했다. 몸 자체는 온주피로 보호되어 한기가 침투하지 못했지만, 그가 마시는 숨 속의 한기는 그의 몸속 깊은 곳까지 침투하여 그나마 미약하게 남아 있는 온기를 훔쳐 갔다.

메마르고 생기를 잃어버린 그의 육신은 마치 열을 담아낼 그릇이 깨져 있는 것과 같아서, 냉혈동물보다 더욱 주변 온도에 민감했다. 차가우면 차가워지고, 뜨거우면 뜨거워졌다. 또한 스스로 온기를 생성할 능력도 없었다.

피월려는 점점 몸이 굳는 것을 느꼈다. 춥다는 감각이 사라진 지는 이미 오래. 감각 자체가 희미해지고, 생각의 속도 자체가 느려졌다. 시험 삼아 머릿속으로 간단한 셈을 해본 피월려는 작은 수를 더하는 것조차 답을 내놓는 데 한참이 걸렸다. 천포상단의 정서철만 없다면 진작 상황을 기시혼에게 설명했겠지만, 정서철의 눈치가 보여 아무런 티를 내지 못했다. 피월려의 몸 상태가 이상한 것을 정서철이 알게 되면 그가 어찌 나올지 알 수 없었기 때문이다.

도저히 서 있을 수 없는 상황의 직전까지 와서야 기시혼은 피월려의 상황을 눈치챘다. 그것도 균형이 기묘하게 어긋난 피월려의 두 발을 보고 겨우 알게 된 것이었다.

청각을 집중해서 피월려의 호흡 소리를 들으니 뭔가 이상하다는 확신이 섰다.

기시혼은 정서철을 보았다. 정서철은 행여나 천살가의 사람들이 기다리다 화를 낼까, 두려워 발을 동동 구르고 있었다.

기시혼은 몸에서 살기를 내뿜어 정서철에게 향했다.

"으앗!"

온몸에 소름이 돋는 것을 느낀 정서철은 깜짝 놀라며 뒤를 보았다. 기시혼은 재빨리 피월려의 앞에 무릎을 꿇으며 말했다.

"어르신. 조금만 참아주십시오."

"……."

"잠깐의 분노로 이 일을 망쳐서는 안 됩니다. 제발 부탁드리겠습니다."

바짝 엎드린 기시혼은 양손을 앞으로 뻗으며 슬쩍 피월려의 발 위에 올려놓았다. 그리고 그것을 통해서 엄청난 양의 내력을 일순간 피월려의 육신에 전달해 주었다. 그러자 마치 진한 먹물을 물 위에 떨어뜨린 것처럼, 기시혼의 내력이 피월려의 발끝부터 전신으로 퍼져 나갔다.

피월려는 그 내력이 완전히 자리 잡을 때까지 충분히 기다렸다. 불안정했던 호흡이 안정을 되찾았고 체온도 다시 돌아왔다. 피월려는 얼굴에 짜증을 가득 담으며 기시혼에게 말했다.

"알겠다. 일각만 더 기다리마."

"예. 그보다 더 시간을 넘길 경우 제가 친히 이자의 목을 잘라다가 바치겠습니다."

기시혼은 서서히 살기를 줄였다. 정서철은 그 살기의 주체가 기시혼인지 피월려인지 분별하지 못해 피월려가 살기를 줄여 나간 것으로 착각했다.

정서철은 무릎을 꿇으며 말했다.

"바, 바로 도착할 것입니다. 미, 믿어주십시오."

피월려가 말했다.

"일각. 그뿐이다."

"……"

그때부터 정서철은 무릎을 꿇은 채, 일어나질 못했다. 온몸이 식은땀으로 뒤덮이고 손발이 차가워졌으며 호흡도 불규칙적으로 변했다. 정서철은 불안하기 짝이 없는 두 눈으로 강쪽을 두리번거렸는데, 때마침 멀리서 다가오는 배 한 척이 보였다. 가까운 곳에 안개가 있어, 가까이 올 때까지 보지 못한 것이었다.

"와, 왔습니다! 하아… 귀노께선 진노를 거둬주십시오."

기시혼도 거들었다.

"일각 이내에 온 것이 틀림없습니다, 형주님."

피월려는 고개를 끄덕였다.

"운이 좋은 자로군."

"……."

다가온 장강수로채의 쪽배는 매우 작았다. 겨우 네다섯 사람들이 올라탈 만한 크기로 배 한쪽 끝에서 노를 젓는 사람 외에는 마땅히 앉을 곳도 없었다.

환갑은 족히 넘었을 것으로 보이는 사공의 메마른 팔다리와 퀭한 눈을 보면 무공을 익힌 자라 해도 일류 수준을 넘은 것 같진 않았다. 사공은 그 나무 선착장에 배를 대고는 피월려 일행에게 말했다.

"파양채에서 왔습니다. 파양채를 찾으시는 귀빈들이십니까?"

정서철이 큰소리를 치며 말했다.

"왜 이렇게 늦었느냐! 여기 계신 귀노께서 얼마나 높으신 분인 줄 아느냐! 이분에 비하면 네놈 따위는 지나가는 개미 새끼보다 못하느니라!"

사공은 공손한 태도를 취하며 고개를 숙였다.

"죄송합니다. 요즘 물길이 어지러워 평소보다 시간이 걸립니다."

공손하긴 하지만 두려움은 없는 모습.

사공은 무림인이 확실했다.

하지만 외관을 본다면, 이미 은퇴를 하고도 남을 나이.

그렇다면 남은 답은 하나였다.

기시혼이 말했다.

"파양채에 상주하는 은퇴한 노고수로군."

사공이 말했다.

"이런저런 세월을 보내고, 이젠 몸뚱이밖에 남지 않아, 이것으로라도 섬기고 있습니다."

피월려는 생각했다.

그 말이 사실이라면 그는 장강수로채 내에서도 오랜 세월을 보내고 은퇴하고서도 일을 하는 자다.

어차피 천마신교의 고수 앞에선 강한 무공은 별로 쓸모없다. 그들의 길 안내를 하려면 붙잡혀 고문을 당해도 아무런 정보를 남기지 않을 정도의 충성심과, 이런저런 말에 속아 넘어가지 않을 심계를 가진 자가 제격이다.

아마 사공이 늦은 진짜 이유는 장강수로채에서 그들을 마중 보낼 인물을 뽑으려 했기 때문일 것이다. 그토록 신중하게 뽑은 인물이니, 그에게 심계로 뭔가 기대할 수는 없을 것이다.

피월려는 깔끔하게 심계를 포기하고 말했다.

"가자. 안내해라."

피월려의 말에 기시혼이 먼저 배에 탑승해 피월려를 천천히 안내했다. 정서철도 서둘러 배 위에 올라탔고, 그들이 다 탄 것을 확인한 노인이 품속에서 검은 천을 꺼냈다.

"보름달이라 빛이 밝습니다. 눈을 가려주지시 않는다면 읍

직일 수 없습니다."

정서철은 피월려의 눈치를 보며 즉각 소리를 질렀다.

"이! 이놈이 죽고 싶어 환장을 했느냐! 여기 계신 분이 누군 줄 알고……."

피월려가 말을 잘랐다.

"죽음을 두려워하는 자라면 이곳에 오지도 않았겠지."

"……."

"좋다. 남의 집에 들어갈 땐 그 장단에 맞춰줘야지. 하지만 나는 어차피 장님이니 안대를 할 필요가 없다. 기시혼. 안대를 하거라."

기시혼은 포권을 취했다.

"존명. 사공. 그 천을 주시오. 그리고 정 선주. 정 선주도 안대를 하시오."

"그, 그… 괜찮으시겠습니까?"

"괜찮소."

"저, 정 그러시다면……."

정서철은 원래 눈을 가려야 한다는 걸 알고 있었다. 다만 피월려가 어떻게 나올지 몰라 대신 화를 먼저 내버린 것이다. 그런데 의외로 피월려가 수월하게 나오니 얼른 안대를 쓰고 조용히 입을 닫아 일을 키우지 않았다.

기시혼과 정서철이 검은 천으로 눈을 가린 것을 확인한 사공이 서서히 배를 움직이기 시작했다.

잔잔한 파양호 안으로 들어서면 들어설수록, 점차 안개가 자욱해져만 갔다. 눈을 가리는 게 무색할 정도로 안개가 짙어져 보름달의 밝은 빛조차 잘 보이지 않는 듯 했다.

하지만 노를 젓는 사공의 움직임에는 거침이 없었다. 그 사공은 가만히 눈을 감고 배를 때리는 잔잔한 물살만으로도 그가 어디 있는지 알 수 있을 만큼 파양호에 정통한 사람이었기 때문이다. 안개 따위는 그에게 없는 것과 마찬가지였다.

한 식경 정도가 지났을까? 사공이 피월려 일행에게 말했다.

"이제 벗으셔도 됩니다. 다 도착했습니다."

검은 천을 벗은 기시혼은 눈앞에 나타난 장관에 입을 다물지 못했다.

안개 속에서 그 위용을 은은하게 드러내는 파양채. 하나의 배라고 하기에는 너무나 그 크기가 컸다. 대도시에서나 볼 법한 십 층 이상의 전각을 그대로 물 위에 옮겨놓은 것 같았다.

기시혼이 있던 그 작은 배는 그렇게 한참을 움직였는데, 파양채의 옆면을 모두 지나가지도 못했다.

한쪽에 선 사공은 노를 배 위로 빼내면서 큰 소리로 외쳤다.

"출입(出入)!"

그러자 안개로 넣인 위쪽에서 누군가 소리쳤다.

"암호!"

사공이 말했다.

"용(蛹)!"

사공의 말이 끝나기 무섭게 어떤 바퀴가 돌아가는 소리가 들렸다. 귀를 괴롭히는 그 소리는 점차 무거워져 갔고, 그와 함께 위에서 넓은 판 하나가 내려왔다.

그 판이 바다에 닿을 정도까지 내려왔을 때, 그 위에 서 있던 한 청년 고수가 피월려 일행을 둘러보았다.

"천살가의 인물 되십니까?"

기시혼이 말했다.

"그렇다. 채주에겐 연락이 되었는가?"

고수가 말했다.

"지금 기다리고 계십니다. 탑승하시지요."

피월려 일행은 배에서 내려 그 판자에 탑승했고, 곧 또다시 바퀴 소리가 들리며 판자는 위로 올라가기 시작했다.

그렇게 파양채 위에 올라선 기시혼이 주변을 보았다.

그곳은 도저히 갑판이라고 생각되지 않을 만큼 넓은 크기였다. 바닥이 나무판자로 된 것을 보면 확실히 육지는 아닌데, 그것만 제외하면 육지 위에 서 있다고 해도 믿을 수 있을 것 같았다.

파양채 고수가 말했다.

"따르시지요."

기시혼은 감상평을 내놓을 새도 없이 피월려의 손을 잡고 안내하기 시작했다.

*　　　　　*　　　　　*

그들은 곧 대전을 방불케 하는 거대한 방에 도착할 수 있었다.

방 안에는 파양채주로 보이는 남자가 그 대전 중앙에 놓여 있는 직사각형의 식탁 중앙에 앉아 있었다. 그의 뒤로는 호랑이 가죽으로 된 큰 상석이 있었으나 채주가 그곳에서 피월려 일행을 맞이하지 않은 이유는 그만큼 천마신교와 천살가에 대한 예를 갖춘 것이다.

채주의 눈은 뱀처럼 얇았고 턱은 갸름했다. 머리카락은 단정하게 뒤로 넘겼고 맨살이 보이는 어느 곳에도 수염이 없어 흡사 황궁에서 사악한 일을 도모하는 간신처럼 보였다. 그러나 깨끗한 옷차림 속에 드러난 근육의 윤곽과 전신에서 뿜어지는 강력한 기운은 절정급의 그것에 비해 손색이 없었다.

파양채주는 피월려 일행이 들어오는 것을 보곤 말했다.

"오시는 길이 불편하였겠소. 수로채의 사정을 이해해 주시오."

피월려가 말했다.

"파양채주인가?"

"그렇소. 그렇게 말하는 본인은 누구시오?"

"악누."

"……"

"시흔아."

"예."

기시흔은 즉시 움직여 파양채주 정면에 있는 자리의 의자를 빼고, 피월려가 거기 앉을 때까지 그를 인도했다. 자리에 앉은 피월려는 온주피로 몸을 감싸며 말했다.

"안이 춥네, 파양채주. 불을 때우시게."

파양채주는 가만히 피월려를 보다가 그의 명을 기다리던 한 검객에게 손짓으로 신호를 줬다. 그 검객이 불을 지피기 위해 움직이자, 파양채주는 기시흔에게 고개를 돌렸다.

"기 후배가 말해보시오. 귀교의 어떤 분이시오? 보아하니, 마공도 익히지 않으신 것 같은데."

기시흔은 피월려의 옆에 자리하며 말했다.

"내가 형주님의 입을 감히 대신할 수 없소. 형주님과 직접 대화하시오, 채주."

파양채주는 이번엔 정서철에게 시선을 던졌고, 정서철은 양 손바닥을 앞을 향해 펴곤 흔들어댔다.

결국 피월려에게 돌아온 파양채주가 말했다.

"기 후배가 형주라 말하는 것을 보니, 단순히 천마신교의 마인이 아니라 천살가의 일원으로 보이오만… 악누란 이름의 고수는 들어본 적이 없소. 혹 별호는 어찌 되시오?"

피월려는 느린 손길로 턱을 쓰다듬으며 말했다.

"시건방진 말투가 거슬리지만… 뭐, 일단은 부탁하러 온 입장이니 이해하지."

"……"

"본좌는 호법원을 이끌었었다. 내가 모시던 교주가 죽어 호법원에서 나왔지. 그러니 내 이름과 별호는 세간에 알려져 있지 않다. 물론 실력 행사를 보기 원한다면 흔쾌히 그 부탁을 들어주겠다."

파양채주는 기시혼에게 연신 눈길을 주었고, 기시혼은 짤막하게 고개를 숙이면서 피월려의 말을 보증했다. 기시혼이 천살가의 사람인 것을 확실히 아는 파양채주는 피월려의 말을 믿을 수밖에 없었다.

그리고 만약 호법원에서 생활했다면 마기가 전혀 느껴지지 않는 부분도 어느 정도 아귀가 들어맞았다. 무림에는 호법이 주변에서 평범한 사람인 척하며 호위하는 경우도 많았기 때문이다.

천마신교에서도 그런지는 확실히 알 수 없었지만, 파양채수는 그러려니 했다.

"실력 행사는 우리가 아니라 무림맹에게 하시길 바라겠소. 또한 귀교의 교주께서 장서(長逝)하신 일은 참으로 유감이오."

"일대일 결전에서 뒤졌으니, 호법이 무슨 할 일이 있겠나 싶었지. 늙은 몸이지만 아직 땅으로 돌아가긴 이른데, 내 큰 회의를 느껴 이리 하야하게 된 것이다."

피월려가 갑자기 자기 이야기를 하는 것을 본 파양채주는 그것이 기회라 생각하고 놓치지 않았다.

파양채주가 물었다.

"악 원주께선……"

피월려가 파양채주의 말을 잘랐다.

"원주의 위치에서 내려왔다. 지금 나는 그냥 악누일 뿐이다."

"그럼 악 선배라 불러도 되겠소?"

백도에선 소협 혹은 대협 등의 명칭을 쓰며 서로를 높이지만, 흑도에선 선배와 후배로 서로를 칭하는 것이 일반적이었다.

피월려는 한번 입술을 얇게 펴곤, 퉁명스럽게 말했다.

"성도 이름도 모르는 사람이 나를 선배로 부를 순 없지."

"상 씨 성에 노호라는 이름으로 쓰고 있소."

"상 씨군. 뭐 좋아. 나도 상 채주라 부를 테니, 상 채주는 나를 악 선배라 부르게."

역시 천살가의 사람.

피월려의 다소 호쾌한 반응에, 파양채주 상노호는 아주 작은 미소를 입가에 띠었다.

천살가의 인물은 그 상대하는 법만 안다면 그 어떠한 사람보다 쉽다는 것을 다시 한번 기억하며, 상노호가 상을 한번 탁 치며 호탕하게 말했다.

"술을 안 내올 수가 없군! 악 선배께선 어떤 것으로 하겠소? 강 위지만, 없는 술이 없소."

"상 채주가 원하는 것이면 어떤 것이든 상관없네."

"그럼 선내에서 가장 귀한 술인 오량액(五粮液)으로 하겠소. 천살가에서 선배가 오셨는데 그 정도도 대접하지 않을 수 없지."

검객은 고개를 끄덕이곤 오량액을 가지러 방 안에서 나갔다.

피월려는 밖으로 나가는 고수의 발자국 소리를 따라 귀를 움직이면서 상노호에게 말했다.

"발소리가 무거운 것이 상당한 고수로군. 수로채 고수의 질이 많이 좋아졌어."

상노호는 큰 소리로 웃었다.

"하하하! 감히 천마신교에 비할 비는 아니요. 그곳에는 나

정도 되는 고수들이 일개 대원으로 있지 않소? 그것도 오십을 넘는 숫자의 사람들이 말이오."

"채주가 본 교에 들어와 정식으로 마공을 익히면 아마 충분히 흑룡대에 입대할 수 있을 거야. 흑룡대주의 자리에 오르는 것도 나쁘지 않겠지."

"선배의 말은 정말 고맙소. 하나 나는 용의 꼬리보단 뱀의 머리가 좋은 사람이라 이 드넓은 배 위에서 왕처럼 사는 게 좋소."

"호오? 그런가? 그럼 반대로 내가 한번 장강수로채에 들어가는 것도 나쁘지 않겠어. 어차피 세상만사 귀찮아진 차에 괜찮지 않겠나?"

피월려의 말이 어디까지가 진심이고 어디까지가 농인지 알 수 없었던 상노호의 눈빛이 미세하게나마 흔들렸다. 천살성과 대화할 때면 꼭 느껴지는 그 이상한 위화감이 그의 등골을 괜히 오싹하게 만들었기 때문이다.

상노호는 억지로라도 웃음소리를 내며 대답했다.

"하하하! 그렇게 해보시오. 선배라면 채주의 자리도 단번에 노려보실 수 있을 것이오!"

"그런가? 하지만 장강수로채의 다른 명칭은 장강수로십팔채가 아닌가? 십팔채라는 숫자가 정해져 있으니, 내가 또 하나를 만들 수는 없고… 그러면 수로채중 하나가 비어야 하는데,

혹시 지금 채주 자리가 공석인 수로채가 있나?"

상노호의 표정에서 서서히 웃음기가 사라지기 시작했다.

"아, 하하. 그 십팔채는 전통적인 것일 뿐, 십구채가 되지 말란 법이 어디 있겠소, 선배?"

"새로 들어가는 사람이 그런 전통을 깰 수야 없지. 어디 한번 말해보게, 채주 자리가 공석이 있는 수로채가 어디 있는지."

상노호의 표정이 웃는 것인지 웃지 않는 것인지 알 수 없게 되었다.

"아… 그 아무리 우리가 연합이라고 하지만, 각각의 수로채는 독자적으로 움직이는 경향이 있소. 총채주를 제외하면 각각 수로채의 상황도 잘 알지 못하는 게 현실이오. 실제로 나도 지금까지 다섯 명 정도만 봤을 뿐이고. 어느 수로채가 공석인지는 당연히 알지 못하오."

"그럼 공석을 만들면 되겠군."

"……."

상노호의 표정이 완전히 굳었다.

벌컥.

"술을 가져왔습니다."

때마침 술을 들고 안으로 들어온 검객 때문에 어색한 방안의 공기가 정화되는 것 같았다. 상노호는 급히 얼굴 표정을 밝게 바꾸고는 그 검객에게 말했다.

"어서 가져오너라! 귀하신 선배께서 네놈 때문에 기다리시지 않았더냐!"

검객은 고개를 숙이며 말했다.

"송구합니다."

검객은 각각의 사람 앞에 술상을 봐주곤 다시 방문 옆에 섰다.

상노호가 자리에서 일어나면서 피월려에게 말했다.

"후배가 한 잔 따르겠습니다."

피월려는 차가운 목소리로 말했다.

"본좌는 호법 때의 버릇 때문에 술을 가까이하지 않는다. 다른 이나 따라주게."

막 술을 따르려던 상노호의 손길이 머쓱해지자, 기시흔이 술잔을 쓱 내밀었다.

"정말이시오. 본가에서도 한 잔도 하지 않으셨소. 형주께서 상 채주를 의심하시는 것이 아니니 마음 쓰지 마시오."

상노호는 기시흔의 술잔을 따르며 말했다.

"아, 그렇소? 하하하. 그럼 후배님 술을 내가 따라 드리겠소."

그러곤 정서철의 술잔에도 술을 따르며 말을 이었다.

"한데, 천포상단에서는 어쩐 일로 동행하게 된 것이오? 그 경위가 참으로 궁금하오."

정서철이 입을 열고 말하려는데 피월려가 대답을 가로챘다.

"천포상단에서 보선을 하나 준비했다. 파양채에서 곧 쓸 일이 있을까 해서 준비한 것이니 그 정성을 생각해서 받아줬으면 하는군. 본래 상단과 수로채는 일종의 공생 관계이니 말이야."

상노호는 피월려의 말을 이해하지 못했다.

그는 자리에 앉아 자기 술잔에 술을 따르며 물었다.

"무슨 뜻이오, 악 선배?"

피월려가 대답했다.

"남궁세가. 그들 수준에 맞게 대접하려면 보선 정도는 필요하지 않겠나?"

"……."

피월려는 그의 앞에 놓인 빈 잔을 높이 들며 말했다.

"건배(乾杯)."

피월려가 빈 잔을 입에 가져가 털어 넣는 시늉을 하자, 가장 눈치가 빠른 정서철이 먼저 입에 술을 털어 넣었다. 이를 이어 기시흔이 술을 마셨다.

"거, 건배."

"건배."

그러나 상노호는 왼손으로 술잔을, 오른손으론 술병을 잡은 채 미동도 하시 않았나.

아무런 감정이 섞이지 않은 표정.

그렇게 피월려를 보고 있을 뿐이었다.

숨 막힐 듯한 정적만이 방 안을 가득 메울 뿐이었다.

그 분위기를 견디다 못한 정서철이 속에서 올라오는 취기에 기침을 참지 못했다.

"크흠. 큼. 크흠. 큼."

상노호는 술잔을 들고 서서히 입에 가져가, 단숨에 털어 넣었다.

그는 그 쓰디쓴 오량액을 마시고도 전혀 안색이 변하지 않았다.

그가 말했다.

"그러면 악 선배께서는 잘못 찾아오신 것 같소."

"잘못 찾아왔다?"

"그들이 위치한 합비는 북동쪽 안휘성. 거기서 물길을 타고 남쪽으로 내려와 호구에서 동쪽으로 강을 건넌다는 소식이 있소. 그들이 건너려는 강은 파양채의 소관이 아니오. 그쪽은 호강채(湖江寨)의 소관으로 동호(東湖)에서 파양호까지 이어지는 물길을 전부 그들이 맡고 있소."

"……"

"두 분껜 거짓은 통하지 않으니 아실 것이오, 내가 하는 말이 진실임. 호구가 파양호와 가까워 착각을 하신 것 같은데,

나는 호구에 아무런 힘을 행사할 수 없소. 수로채가 각각 정해진 강물을 책임지고, 서로의 강물에선 절대 간섭하지 않는 것. 그것을 어기는 건 장강수로채의 근간을 흔드는 것이기에, 목숨을 잃는 것이 오히려 다행인 꼴을 당하게 되오."

"……."

"하지만 이렇게 천살가의 선배님을 그대로 보내 드릴 수는 없지. 이 귀한 술을 선물로 드리겠소. 그리고 뿐만 아니라, 내가 직접 호강채주를 만나서 이 일을 이야기하겠다고 약조드리오. 반드시 최선을 다해서 이 일이 성사되도록 노력하겠소. 이 이상은 내 재주를 벗어난 일이오. 천살가의 선배라면 이 후배가 말하는 말이 진심임을 알지 않소?"

"……."

그것은 장강수로채가 항상 하는 말이다. 연합을 걸고넘어지면서 손을 쓸 수 없다고 한다. 그들은 항상 이런 방법으로 하여금 자기 실속을 챙긴다. 만약 상대가 억지를 부리면, 그것을 꼬투리 삼아 명분을 가져가고, 그에 따른 이익을 취하는 순으로 간다.

기시혼은 일이 이렇게 흘러갈 줄 이미 알고 있었다. 하지만 그래도 호강채라는 새로운 정보를 얻었으니 예상보단 훨씬 잘해낸 것이다. 피월려의 기세가 아니었다면, 상노호가 호강채라는 정보를 주너 타협해야겠다는 생각도 하지 않았을 것이기 때문이다.

기시혼이 일어났다. 이만 물러가자는 신호였다. 피월려도 서서히 자리에서 일어나며 말을 하려고 입을 뗐다.

그때였다.

검객 한 명이 갑자기 방 안으로 들어오며 큰 소리로 외쳤다.

"채주님, 큰일입니다!"

그 검객은 호흡이 매우 거친 것이, 상당히 흥분한 듯 보였다.

상노호는 검객을 문책하듯 손가락질 했다.

"어허! 손님들이 계시는데 무슨 호들갑이냐?"

"그것이… 나, 남궁세가의 검룡(劍龍) 남궁호가 갑자기 갑판 위에 나타났습니다. 채원들이 그를 막고 있는데, 그의 검술이 워낙 출중하여……."

채주의 표정이 일순간 극도로 어두워졌다.

"뭐, 뭐라? 남궁세가가 파양채를 공격하는 것이냐? 어찌 우리 위치를 알고?"

"그것이 아니옵고… 그, 그와 그의 연인인 아미파의 한봉(寒鳳) 옥빙련와 단둘이서 온 것입니다."

"뭐라? 단둘이서?"

"예. 벌써 그들의 무공에 당한 자가 열을 넘어갑니다. 그들은 다짜고짜 채주님을 불러오라고……."

분노에서 당황으로 바뀌었던 상노호의 표정이 이젠 웃음으로 가득 찼다.

"크하하! 주제도 모르는 연놈들… 하여간 정말 백도 후기지수 놈들만큼 웃긴 놈들도 없지. 감히 지금 이 배 위에 누가 있는 줄 알고! 크하하! 그렇지 않소, 악 선배?"

"……."

피월려는 침묵을 지켰고, 기시혼의 얼굴은 굳었다.

이대로 피월려의 연기가 발각당해 그가 고수가 아닌 것을 들키게 된다면, 채주가 어떻게 나올지 전혀 알 수 없다. 기시혼의 혼자 힘으로는 절대 파양채의 무력을 감당할 수 없었고, 최악의 경우에는 둘 다 이곳에 사로잡힌 채 살인멸구당할 수도 있다.

또한 남궁호와 옥빙련이라는 변수도 어찌 작용할지 전혀 예측이 안 된다.

그 극한의 상황을 탈피하기 위해 피월려의 머리가 그 어느 때보다도 빠르게 활동하기 시작했다.

제구십팔장(第九十八章)

피월려는 눈을 감았다.

없어진 육신의 눈이 아닌 마음의 눈을 감았다.

그리고 고민했다.

이 상황을 어찌 벗어날 것인가?

생각을 마친 피월려는 무의식적으로 눈을 떴다.

그런데 그 때문인지 그의 눈꺼풀이 열려, 퀭한 그 속을 보였다.

이를 마주한 기시혼과 정서철 그리고 상노호까지, 모두 발꿈치에서부터 올라오는 찌릿한 소름을 느꼈다.

피월려가 말했다.

"상 채주. 백도의 꼬맹이들이 와서 놀 정도로 장강수로채가 만만한 곳이었나? 본좌가 이곳에 대화를 하러 왔다는 사실이 부끄러워지는군… 이런 곳이었으면, 그냥 쓸어버리는 게 좋았을 뻔했어. 그것이 아니라면, 이미 수로채와 무림맹이 먼저 이야기가 된 것이던가."

살기도 마기도 없었다.

피월려는 그저 담담하게 말을 내놓았다.

하지만 그 때문에 오히려 그 진심이 상노호의 마음에 박혀 들어갔다.

상노호가 다급하게 말했다.

"절대 아니오. 저희는 무림맹과 합의를 보기는커녕 간단한 서찰도 주고받은 적이 없소. 믿어주시오."

"오호? 그래? 그러면 내가 나가서 그 꼬맹이들을 쳐 죽여도 전혀 문제가 없다는 말인가?"

상노호는 그 말에 아차 싶었다. 아무리 그가 장강의 물길을 지배하는 장강수로채의 이강 중 하나인 파양채주라 해도, 남궁세가와 아미파의 후기지수의 핏값에서 절대 자유로울 수 없기 때문이다.

무력 차이까지 갈 것도 없다. 남궁세가와 아미파는 무력 충돌을 감수할 내성이 애초에 있다. 그들이 무력을 동원하기도 전에 장강수로채 내부에서 당할 것이다. 백도의 대문파인 남궁세가와 아미파와 우호적인 관계를 맺고 있는 다른 채주들이 많기 때문이다. 그들의 의견을 들은 총채주는 장강수로채 전체의 이익을 위해서라도 상노호의 사지를 잘라서 남궁세가와 아미파에게 바칠 것이다. 그러니 도주로를 짜놓기도 전에 이미 시체가 될 것이다.

그렇다고 당장 여기서 그들을 비호할 수도 없었다. 천살가의 인물에게 작디작은 의구심이라도 품게 만들 경우, 그 결과는 걷잡을 수 없이 변한다. 무림맹과 내통하지 않았다는 증거가 있을 수는 없다. 그러니 천살가에서 무력을 바탕으로 우기면 그만. 첫발을 잘못 내디디면 그대로 추락이다.

상노호는 진심을 말하는 것이 최선이라 판단했다.

"악 선배. 내 상황을 이해해 주시오. 만약 그들이 내 배 위에서 명을 달리한다면, 그 뒷감당을 어떻게 하란 말이오? 자비를 부탁드리겠소. 그들과는 사전에 어떠한 약조도 없었소. 정말 이건 우리에게도 돌발적인 상황이오. 믿어주시오! 그리고 천살가의 손님들에게 딴생각을 품었으면, 겨우 그 따위 후기지수 두 명만 불렀겠소? 그리고 내 부하가 저리 급히 튀어 달려와서 보고를 했겠소? 믿어주시오!"

공기가 변했다.

기시혼은 일순간에 상황을 변하게 한 피월려의 술책에 감탄했다.

그리고 가담했다.

"형주님께서는 형주님의 무공을 본 자는 모두 죽이시오. 지금까지 단 한 번도 스스로 정하신 이 법칙을 어긴 적이 없어, 본 교를 넘어서 천살가 내에서도 형주님의 무공을 본 사람이 없소."

기시혼의 순간적인 기지에 피월려도 감탄했다.

피월려가 직접 손을 쓰지 않는 것을 상노호가 먼저 원하게끔 만들었기 때문이다.

피월려는 일이 쉬워지는 것을 느끼며 말했다.

"상 채주."

"……."

"그럼 이렇게 하지."

"어, 어찌 말이오?"

"일단 상석을 빌려야겠네."

"예?"

"시혼이. 안내해라."

기시혼은 피월려에게 다가가 그의 한 팔을 잡고 상석으로 안내했다. 상노호와 정서철은 상황이 이해가 가질 않는지 서로 눈을 마주치면서 의문을 표했다.

기시혼이 피월려의 앞실을 안내하니 상노호에게 들리기 않을 작은 목소리로 전음했다.

[기대하오.]

피월려는 아무런 말도 하지 않은 채, 천천히 상석을 향해 걸어가 그곳에 앉았다.

*   *   *

"크— 악!"

"으윽!"

도합 다섯 명이 넘어가는 파양채 검객들의 합공을 수월히 막아내는 것도 모자라서, 그들의 손목만을 검면으로 쳐 무력화시킨 남궁호는 그의 뒤에서 그 모습을 사랑스러운 눈길로 바라보던 옥빙련에게 말했다.

"하하하. 빙 매. 내가 걱정할 필요가 없다 하지 않았소?"

옥빙련은 눈 위를 걷듯 나무 갑판 위를 사박사박 걷더니 신묘한 신법을 이용하여 남궁호 뒤쪽으로 움직였다. 그리고 검을 휘둘러 막 바닥에서 일어나려던 검객 한 명의 팔을 베어 넘겼다.

"크악."

사내는 뒤로 나동그라졌고, 옥빙련은 사늘한 눈길로 그 검객을 보며 말했다.

"검랑께선 심성이 고와 이런 자들에게도 자비를 베푸시니 안 돼요. 보세요. 자기 검을 놓쳐 패배한 것이 분명한데도, 기어코 검을 다시 잡아 뒤에서 공격하려는 꼴을. 흑도는 피를 보지 않고는 물러나지 않아요, 검랑."

남궁호는 멋쩍은 듯 하늘을 보고 웃었다.

"하하하. 오늘도 지혜로운 빙 매에게 내가 또 하나 배웠소. 항상 가르쳐 주시는구려."

옥빙련은 남궁호에게 다가와서 그의 품에 안기며 소곤거렸다.

"이번 일로 검랑께서는 더 이상 후기지수가 아닌 명부기실의 대협이 되실 거예요."

남궁호는 옥빙련을 왼팔로 안으며 말했다.

"물론이오. 감히 다른 세가에서 오대세가의 자리를 넘보지 못하게 해야지. 아니, 오대세가라는 말도 사실 잘못된 것이오. 과거의 명성 속에서 안주하고 있는 이빨을 잃은 늙은 호랑이들이 너무 많소."

"암요. 검랑께선 남궁세가를 천하제일가로 이끄실 거라 믿어요."

"하하하! 하하하!"

하늘을 보고 한참을 웃던 남궁호는 한쪽에서 다가오는 검 색 한 녕을 보고 갑사기 웃음을 뚝 그쳤다.

그 검객이 남궁호에게 말했다.

"채주께서 찾으신다. 남궁호. 장강수로채의 이름을 걸고 기습하지 않겠다고 전하라 하셨다."

"하하. 드디어 모습을 드러내는 건가. 앞장서라!"

남궁호가 앞서 나가기 무섭게 옥빙련이 남궁호의 가슴에 손을 올렸다.

"함정일 수 있어요, 검랑."

남궁호는 맑은 미소를 지으며 자신의 연인인 옥빙련을 따뜻한 눈길로 보았다.

"걱정하지 마시오. 저들이 남궁세가와 척을 지려는 미련한 짓을 하겠소?"

"……."

"어차피 결국 이렇게 대화하게 될 것을 알았기 때문에, 애초에 손속에 사정을 둔 것이오. 빙 매. 그러나 아까의 가르침은 항상 마음에 새길 것이오. 하하하."

남궁호는 앞장서서 걸었고, 옥빙련은 불안한 기색과 경계어린 눈빛을 하며 그의 뒤를 쫓아갔다.

끼이익.

문이 열리고 남궁호와 옥빙련이 안으로 들어왔다.

그 넓은 방의 상석에는 피월려가 앉아 있었고, 그의 옆에는 강렬한 마기를 내뿜는 기시혼이 서 있었다. 그리고 그의 아래에 정서철과 상노호가 있었다.

가장 먼저 상노호가 남궁호에게 물었다.

"검룡과 빙봉 되시는가?"

그 남자의 질문에 남궁호가 말했다.

"그렇게 말하는 당신은 누구시오?"

"나는 자네들이 침입한 이 포양채의 채주일세."

"그럼… 상석에 계신 분은 누구시오?"

피월려가 대답했다.

"장강수로채 총채주, 수검귀흔(水劍鬼痕)이다."

"……"

"……"

남궁호과 옥빙련은 깜짝 놀라며 서로를 돌아봤다. 장강수
로채는 무림에서 활동하는 사람이면 모르는 사람이 없는 대
문파 중 하나다. 그런 대문파의 채주라면, 그 영향력만큼은
구파일방의 장문인과 비슷하다고 할 수 있었다.

피월려가 말했다.

"내 배 위에서 재밌는 짓을 하더군. 내가 여기 있었으니 망
정이지 없었으면 아주 큰일로 번질 뻔했어. 그럼 물어봐도 되
겠는가? 백도의 자랑스러운 후기지수인 검룡과 빙봉이 여긴
무슨 일로 찾아왔는지를."

남궁호가 낭황하여 순산 킬 빌을 찾지 못하는 시이, 옥빙련

이 먼저 말했다.

"배를 구하러 왔어요."

"배를 구한다?"

"그래요. 그렇죠, 검랑?"

남궁호는 옥빙련의 부드러운 말을 듣고는 겨우 안정을 되찾았다.

그 미묘한 순간을 피월려는 놓치지 않았다.

남궁호가 대답했다.

"그, 그렇소. 이번에 남궁세가에서 배가 필요하게 되었으니, 파양호를 지배하는 파양채에 방문한 것이오."

피월려는 고개를 까딱 움직였다.

"방문이라? 내 부하들을 그리 대하고도 그것이 방문일 수 있는가? 그건 누가 보아도 침입한 것이지. 안 그런가, 채주? 혹은 내가 모르는 약조가 있었을 수도 있었겠군?"

안색이 딱딱해진 상노호가 급히 포권을 취하며 말했다.

"그런 일은 없었습니다. 믿어주십시오."

피월려는 느긋한 목소리로 남궁호에게 말했다.

"글쎄. 채주가 잘못 알고 있는 것이 아니라면 파양채에 방문한 것이 아니라 침입한 것일 텐데… 그럼 우리 장강수로채는 자네 둘을 사로잡고 남궁세가에게 정식으로 항의하는 수밖에 없네. 이건 우리 체면이 걸린 일이야."

남궁호는 옥빙련을 한번 흘겨보며, 자신감을 되찾고는 가슴을 폈다.

　"항의하실 수 없을 것이오, 총채주. 이 일은 내 독단이 아니오. 나의 아버지이시자, 남궁세가의 가주이신 창천호검(蒼天浩劍)께서 이 일을 직접 내게 맡겨주셨소. 내 이 사정을 먼저 말하려 했으나, 아무도 내 말을 듣지 않고 다짜고짜 공격하는 것 아니겠소? 그래서 어쩔 수 없이 손을 쓴 것이오. 그것도 손속에 사정을 두어 한 명을 제외하곤, 모두 하루 안에 회복이 되는 가벼운 경상만 입었을 뿐이오."

　"그걸 내가 고마워해야 한다는 건가?"

　"그런 뜻이 아니오. 다만, 나는 총채주가 말하는 것처럼 칼을 맞대려고 온 것이 아니라 이 서찰을 전하려고 이곳에 온 것이오. 사실 이건 파양채주께 드리려는 것이지만, 이렇게 총채주께서 계시니 총채주께서 먼저 보시는 것이 좋을 것 같소."

　남궁호는 품속에서 서찰 하나를 꺼냈다. 그러곤 앞에 놓았는데, 정서철이 이것을 가지고 기시혼에게 전해주었다.

　기시혼은 그걸 들고 그 내용을 피월려에게 속삭였고, 그의 앞에 있던 상노호에게 전해주었다.

　상노호가 그것을 읽는 와중에 피월려가 말했다.

　"지금까지 친밀기를 넘기던 것을 용서하고 파양초이 주권을 계속 유지시켜 주겠다?"

남궁호가 말했다.

"파양채는 지금까지 극악무도한 마교의 천마오가인 천살가를 섬겼소. 이번 흑백대전에서 우리 무림맹이 더러운 마교를 섬멸할 때는 그 마교의 잔당까지도 모조리 소탕하는 것이 마땅하고 따라서 파양채도 그 심판에서 자유롭지 못하오. 그러나 이번에 남궁세가를 도와줄 경우, 파양채는 그 겁화에서 벗어나게 해주는 것과 더불어서 이후에도 계속 이곳 파양채의 주권을 보존시켜 주겠다는 것이 아버님의 뜻이오."

"재밌는 주장이군. 더 들어보기나 해보지. 서찰에서 말하는 도움이란 무엇을 뜻하는가?"

피월려의 태도에 자신감이 붙은 남궁호가 큰 소리로 외쳤다.

"파양호의 물길을 잘 아는 노련한 사공, 최소 다섯을 남궁세가에 데려가겠소. 남궁세가가 강서 땅에 무사히 도착하고 나면 그들을 즉시 돌려줄 것이오."

"흐음……."

"이는 파양채도 남궁세가를 위해 충분히 해줄 수 있는 일이오. 신뢰 관계를 처음 쌓기 위해서 이 정도면 적절한 것 아니겠소?"

파양호의 물길을 아는 노련한 사공.

남궁세가의 가주는 그들을 앞장세워 무림맹의 다른 세가들에게 앞서가려 하는 것이다. 남궁세가와 파양채 간의 거래라고 하기엔 실로 작은 거래지만, 어찌 됐든 천살가의 지배 아래 있는 파양채와 거래에 성공시키는 걸 그들이 먼저 한다면, 앞으로 영향력을 끼치는 데도 도움이 된다.

게다가 그 정도는 파양채에서도 투자할 만한 것이다. 노련한 사공 다섯으로 무림맹이 승리하는 혹시 모를 사태에 대비할 수 있다면, 그만 한 투자도 없는 것이다.

그러니, 피아가 모두 좋은 거래.

피월려는 남궁세가 가주의 이 작은 계획이 상당히 고단수라는 걸 인정하지 않을 수 없었다.

그가 물었다.

"검룡과 빙봉은 이 파양채의 위치를 어찌 찾았는가?"

남궁호가 다소 흥분한 기색으로 외치려는데, 그것을 본 옥빙련이 얼른 외쳤다.

"그걸 총채주께서 아실 필요는 없어요. 그렇죠, 검랑?"

남궁호는 입까지 나온 말을 겨우 삼키고는 고개를 크게 끄덕였다.

"그, 그렇지. 파, 파양채의 위치를 파악하는 것은 개방에서도 하오문에서도 못 한 일이라고 알고 있소. 그런 비밀을 어떻게 알아냈는지는 아무런 대가도 없이 말해줄 순 없소, 총채주."

피월려는 비웃음을 겉으로 드러내며 말했다.

"하하하. 내가 검룡과 말하는 것인지 빙봉과 말하는 것인지 모르겠군."

"……"

"……"

"뭐, 그것을 알려주는 대가로 필요한 것이 있으면 말씀해 보시게."

남궁호가 단호하게 고개를 흔들었다.

"남궁세가에 필요한 건 내가 말한 다섯 명의 사공뿐이오."

정작 배를 구한다고 처음 말한 말은 잊어먹은 듯하다.

그렇다면 그건 옥빙련이 한번 재롱을 피워본 것이고, 남궁호는 아닌 척하지만 자기가 한 말을 까먹을 정도로 긴장하고 있다.

하긴 그 젊은 나이에 언제 이런 긴박한 상황에서 가문의 대표를 해봤겠는가?

그럼 그걸 이용해도 괜찮을 것이다.

피월려는 손을 들어 턱을 쓸며 말했다.

"그래도 파양채의 위치를 숨기는 것은 우리 장강수로채에겐 너무나 중요한 일일세. 이곳의 위치를 알아낸 그 방법을 검룡께서 일러주신다면야, 이 수검귀혼은 오늘날의 은혜를 잊지 않겠네."

남궁호는 잠시 피월려를 바라보다가 결심했는지 입술을 한 번 꽉 깨물었다.

그때 그것을 본 옥빙련이 뭐라고 하려는데, 이를 눈치챈 남궁호가 먼저 옥빙련에게 고개를 돌리곤 말했다.

"괜찮으니 걱정 마시오, 빙 매."

"검랑……."

남궁호는 피월려를 돌아보며 포권을 취했다.

"총채주. 내가 정보를 얻게 된 경위를 자세히 설명해 주겠소. 그러니 앞으로 남궁세가와 장강수로채의 관계가 우호적이었으면 하는 바람이오."

그가 워낙 강하게 포권을 취하는 지라, 그의 소매 깃이 스치는 소리가 방 안에 퍼져 피월려의 귀에까지 닿았다.

피월려도 따라서 포권을 취하며 말했다.

"이하 동문일세."

이후, 남궁호는 말을 하기 시작했다.

이야기의 시작은 그가 낭인고수 열 명을 상대로 아녀자를 구한 것부터였다. 그러면서 술술 이야기를 이어나가는데, 그 이야기 하나하나가 전부 남궁호의 놀라운 업적에 관한 것뿐이었다.

사실 그리 놀라운 업적도 아니었으나, 남궁호가 말하는 투만 들어보면 승원을 다섯 번은 구한 듯했다.

그리고 결국 이야기 끝에 와서야 파양채의 위치를 알게 된 경로를 설명했는데, 결국 결론은 어쩌다가 우연하게 그 정보가 담긴 밀지(密旨)를 발견했다는 것이다.

피월려가 말했다.

"흐음. 그렇군……."

"그 밀지를 찾은 공을 인정받아 아버님께서는 이번 일까지도 윤허해 주신 것이오. 아시다시피 오대세가인 남궁세가가 흑도인 장강수로채와 만나는 것은 외관상 좋지 않소. 때문에 적은 인원을 보낼 수밖에 없으나, 그러면 신용에 문제가 생기지. 그래서 본 공자가 빙매와 함께 온 것이오."

남궁세가의 소가주답게 은근히 아는 것이 많았지만, 아직 나이가 어려 어설펐다.

피월려가 물었다.

"그럼 밀지의 원출처는 모르는가?"

"나는 내 이야기를 과장하지도 숨기지도 않소. 내가 아는 건 전부 말했소."

피월려는 한참을 뜸을 들이면서 고민하더니 곧 상을 툭 때리면서 호탕하게 말했다.

"좋다! 검룡이 이리 남자답게 나오니 무림의 선배이고 어른인 내가 그냥 돌려보낼 수는 없지. 가는 길에 내가 천포상단에 이야기를 해서 보선 하나를 보내겠네. 중원에 열 척도 없는 거대 선박으로, 남궁세가의 고수들을 담기에도 부족함이 없는 것일세."

남궁호의 표정은 눈에 띄게 밝아졌다.

그는 활짝 웃으면서 다시 한번 포권을 취했다.

"감사하오, 총채주!"

"그럼 오늘 밤은 깊었으니, 여기서 묵고 가실 텐가? 귀한 술도 있는데. 영웅은 주항(酒缸) 아닌가!"

남궁호는 고개를 끄덕이려 했으나, 보다 못한 옥빙련이 이번만큼은 도저히 참지 못하고 말했다.

"야심한 시각에 총채주께서 쉬시는 데 방해가 될 것 같습니다. 저희들은 이만 물러가겠습니다. 오늘 바로 사공들을 내어주실 수 있는지요?"

피월려는 고개를 크게 끄덕이며 말했다.

"물론이다. 밖에 나가서 갑판에서 기다리면 내가 사람을 보내겠네. 같이 배를 타고 가시게."

"그럼 저희는 물러가겠습니다."

옥빙련은 남궁호의 어깨에 손을 올리곤 미소를 지었다.

남궁호는 뜨끔했는지 말을 더듬었다.

"그, 그럼. 쉬십시오, 총채주."

남궁호는 얼떨결에 포권을 세 번째로 취하고는 밖으로 나갔다.

문가에 서 있던 검객은 상노호를 보았고, 상노호는 그에게 명했다.

"그대로 해줘라."

"존명."

검객이 그들을 따라 밖으로 나갔다.

쿵.

문이 닫히고, 방 안은 침묵에 휩싸였다.

가장 먼저 침묵을 깬 건 상노호였다.

그는 피월려를 마주 보는 형태로 의자를 돌리더니, 털썩 그 자리에 주저앉았다. 그러곤 한쪽 입꼬리만 올린 채로 피월려를 올려다보았다.

"악 선배. 요즘 천마신교 호법원에선 연기도 가르치시나 보오?"

"……"

"와, 나도 늙었소. 이렇게 당할 줄이야. 그거나 물어봅시다. 천살성이긴 한 것이오?"

기시혼이 대신 대답했다.

"이번에 천살가에 새로 들어오게 된 분이다. 이름은 피월려. 별호는 심검마셨지."

상노호는 고개만 어깨 너머로 젖히곤 황당해하는 정서철을 보며 물었다.

"참 나… 어이 정서철. 당신도 한패였어? 천포상단에서도 아는 일이야?"

정서철은 아무 말도 하지 못한 채 고개를 연신 흔들 뿐이었다.

상노호는 어깨를 들썩였다.

"너도 속은 거냐? 참. 대단하시군."

피월려가 물었다.

"중간에 눈치챘음에도 끝까지 동조한 것을 보면 우리와 함께하는 것으로 생각해도 되겠소?"

상노호가 어이없다는 듯 웃음을 흘렸다.

"이야… 말투 달라지는 거 봐라. 귀신이 씐 거 같소."

피월려는 그 말을 무시하고 다시 물었다.

"같이 가는 것 맞소?"

"당연한 거 아니오? 여기서 안 하겠다고 할 수도 없지."

"고맙소."

"고마워할 것 없소. 그냥 나는 내 감을 믿는 것이니."

"……"

"나는 원래 무공에 소질이 없었소. 죽어라 노력해도 절정밖에 이루지 못했지. 그런 내가 이런 자리까지 올라올 수 있었던 건, 바로 살 길이 어딘지… 바로 그 냄새를 맡을 줄 아는 이 두 코 때문이오. 이놈이 말하기를, 당신과 같이 가는 게 좋다고 하더이다. 나까지도 감쪽같이 속일 정도로 심계가 깊은 천살성이 천살가에 들어왔다면… 호랑이가 날개를 얻은 셈. 뭐, 남궁세가라고 별거 있겠소."

"좋은 판단이시오."

상노호가 뒤에 있던 오량액이 담긴 술병을 낚아채더니, 병째로 마셨다. 그가 입을 닦으며 말했다.

"아, 한 가지 더 물어볼게 있소. 심계에 도가 튼 분이시니, 혹시 조언을 얻을 수 있을까 해서 말이오."

"무엇을 말이오?"

"강호의 우연이 없다는 것조차 모를 정도로 미련한 저놈에게 일부러 밀지를 흘린 놈이 누구겠소?"

피월려는 팔짱을 끼곤 말했다.

"답은 오히려 가까운 데 있소."

"내 아래 있는 놈들 중엔 배신할 놈은 없소."

"그 뜻이 아니오. 다르게 한번 생각해 보시오."

"무슨 말이오?"

"말 그대로이오. 발상을 전환해 보시오. 그 술을 다 마실 때까지 내가 기다리겠소."

피월려의 말에 상노호는 술병을 들고 한 모금씩 마시면서 머리를 굴렸다.

그리고 그처럼 흥미가 돋은 기시혼도 함께 머리를 굴려보았다.

하지만 그들 중 누구도 상노호가 술을 다 마실 때까지 답을 내놓지 않았다.

상노호가 물었다.

"모르겠소. 누구이오?"

피월려가 말했다.

"그의 아버지이오."

정서철은 침을 삼켰고, 상노호 그리고 기시혼의 입은 동시에 벌어졌다.

"꿀꺽……."

"아……."

"흠……."

피월려가 말했다.

"아들을 크게 키우려는 거겠지. 이번 일은 남궁세가의 비호 아래에서만 자란 남궁호에게 큰 경험이 되었을 것이오. 그 정보는 아마 개방에서 알아내 남궁세가에 일러준 것일 것이오. 그쪽으로 생각해 보시오."

상노호는 손가락으로 피월려를 여러 번 가리키며 술병을 아래에 내려놓았다.

"역시 내 코가 맞았소. 당신에게 투자하기를 잘했군. 하하하."

기시혼은 그런 상노호를 보곤 일이 잘 풀린 것 같아 한시름을 놓을 수 있었다.

　피월려와 기시혼 그리고 정서철은 파양채에서 나왔다. 나올 때도 역시 검은 천으로 눈을 가렸는데, 성자의 비밀 선착장에 도착하고 나서야 풀어주었다.

　한쪽 구석에 불을 피워놓고 잠을 청하던 두 명의 마부들이 그들이 도착한 소리를 듣고 얼른 잠에서 깨어나 그들에게 다가왔다. 그들은 정서철의 사람으로 천포상단의 마부들이었다.

　배에서 모두 내린 일행은 마차 앞에 섰다.

　파양채의 사공이 배를 이끌고 떠나자, 피월려는 정서철에게 말했다.

　"끝까지 말하지 않을 것이오?"

　"예에?"

　"파양채에서부터 여기 올 때까지 쭉 마음이 무거운 것 같았소. 우리가 천살성이라 어찌 나올지 몰라 마음을 못 풀고 있다면 여기서 그냥 말하시오. 해치지 않겠다고 약조하겠소."

　정서철은 숨을 세 번을 내쉬는 동안이나 피월려를 응시했다. 그리고 기시혼에게 시선을 돌렸는데, 기시혼은 피월려가 무슨 말을 하는 건지 잘 모르는 듯 보였다.

　장님이면서 이토록 다른 사람의 마음을 잘 읽은 자가 과연 천살성일까?

정서철은 새로 떠오른 의문을 머릿속에서 지우고 지금까지 품어왔던 걸 말했다.

"처, 처음에 제게 말씀하셨던… 그 금자 말입니다. 이백만 냥을 금자로 바꿀 수 있다는 것… 그, 그건 아무래도 아, 안 되는 것이겠지요?"

눈치를 살피는 정서철에게 피월려가 대답했다.

"할 수는 있을 것이오. 다만, 인장값이 일 할이라는 보장은 못 하겠소."

정서철은 안도의 한숨을 내쉬면서 말했다.

"후우… 그렇습니까? 그런 거라면 상관없습니다."

"게다가 이젠 우리가 아쉬운 상황이오."

"예?"

"앞으로는 천포상단에서 우리의 약조를 지켜야 하오. 그러니 천포상단에서 다른 마음을 품을 경우, 천살가는 치명타를 입게 되는 것. 따라서 지금 상황에선 정 선주가 관계의 향타(向舵)를 틀어쥐고 있소."

"……"

"정 선주께서 일을 끝까지 처리해 주시길 바라겠소."

정서철은 입을 굳게 다물었다가 기시혼을 보았다.

"기 형. 다시 한번 확인하겠습니다. 저 배를 남궁세가에 전해주기만 하면, 천포상난과 천살가의 관계는 그대로 유지되는 겁니다, 맞습니까?"

기시혼은 정서철을 안심시켜 주었다.

"맞소. 그 이상도 이하도 요구하지 않을 것이오. 내가 보기엔 파양채주를 통해서 남궁세가와 연락을 한 뒤에 호구에 가서 직접 남궁세가에게 전해주면 될 것 같소."

"아, 알겠습니다. 후. 좋습니다."

"의문이 해소되었소?"

피월려의 질문에 정서철의 얼굴이 밝아졌다. 그는 고개를 끄덕이며 자기 뒤에 서 있던 마부 한 명을 손바닥으로 가리켰다.

"여기 이자가 마차로 두 분을 천살가까지 모실 것입니다."

기시혼이 물었다.

"정 선주도 마차로 그냥 같이 타고 가는 것이 좋지 않소?"

"해가 뜰 때 저를 태우러 배가 올 것입니다. 그것으로 제 생사를 확인하라고 천포상단에 일러두었으니, 전 여기 있어야만 합니다."

"그렇군. 그럼 우린 먼저 가보겠소. 마차는 귀히 쓰고 돌려주겠소."

"아닙니다. 그럼."

정서철과 기시혼이 포권을 취하는데, 피월려는 그대로 가만히 서 있었다.

그들이 피월려를 올려다보자, 피월려가 갑자기 말을 시작했다.

"남궁세가의 가주… 혹 그에 대해서 아는 것이 있소?"

정서철은 헤어지는 와중에 뜬금없이 던져진 질문에 의아함을 느꼈지만 우선 대답을 했다.

"창천호검 남궁서는 남궁세가를 이끄는 실질적인 가주로, 초절정의 무위를 가지고 있다고 합니다. 특이할 만한 점은 올해로 칠순이 넘어가는 노고수라는 점입니다."

"칠순이 넘어간다? 그때까지 가주의 자리에서 물러나지 않았다는 말이오? 자식들은?"

"이제 겨우 이십이 된 남궁호가 소가주인 점이 이상하지 않습니까?"

"확실히."

"집안 사정은 외부로 잘 알려져 있지 않지만, 추측으로는 남궁세가의 직계가 모두 죽어, 전전 가주의 동생이었던 남궁서가 가주에 오른 것으로 알고 있습니다."

"흐음……."

"어차피 가문을 이어받을 수 없는 차남인 남궁서는 오랫동안 폐관 수련으로 검술만을 닦았습니다. 때문에 결혼도 늦어진 것이지요. 들리는 소문에 의하면 그가 폐관 수련을 깨고 나와서 오 년도 채 지나지 않아 직계가 모두 죽었다고 합니다… 뭐, 일이 어찌 돌아간지는 어린아이라도 알 수 있을 겁니다."

"……."

"위험한 자이긴 합니다. 하지만 폐관 수련으로 검술을 닦은 자이니 세상 물정을 잘 모를 겁니다. 너무 크게 염려하지 않으셔도 될 것 같습니다."

아귀가 맞지 않는다.

피월려는 낮은 목소리로 독백하듯 물었다.

"그런 자가 자기 자식을 위해서 그런 것들을 안배했다? 그리고 직계 가솔들을 처리하고 가주 자리에 올랐다?"

"……."

"심계가 보통이 아닌 자이오. 아니면 적어도 그런 조언을 해 줄 수 있는 자가 옆에 있고, 또 그의 조언을 잘 듣는 자이거나… 뭐가 됐든, 심계가 깊다는 건 부정할 수 없소."

피월려의 말을 들은 정서철의 눈빛이 깊어졌다.

"조언자가 있는 경우라면… 어르신의 말씀이 맞는 듯합니다."

"그럼 이대로 계획을 진행할 수는 없소."

"예?"

피월려는 추운지 온주피를 꽉 잡았고, 그것을 본 기시혼이 피월려의 단전 뒤쪽에 손을 대었다. 그리고 천천히 내력을 불어넣어 피월려의 식은 몸을 데워주었다.

피월려가 말했다.

"그 정도의 심계를 가진 자라면 뜬금없이 파양채에서 주는 선물이라고 아무런 의심 없이 보선을 받겠소?"

"아……."

"생각해 보시오. 남궁호는 아버지 앞에서 자기가 신뢰 관계를 구축했을 뿐만 아니라, 보선까지도 빌려오는 업적을 이뤄 냈다고 자랑하겠지. 그러면 남궁서는 경위를 물을 것이고, 남궁호의 말을 다 들은 남궁서는 의문을 품을 것이오. 파양채에선 보선을 내주고 요구하는 것이 없었으니 말이오. 그것도 천 포상단에까지 손을 벌려가면서 말이오."

정서철은 피월려의 말에 입을 살포시 벌렸다. 그는 자기 근심을 걱정하느라 그런 부분까지 생각하지 못했기 때문이다.

정서철이 물었다.

"그럼 분명 보선을 검사할 겁니다. 위에서 아래까지 철저하게."

"그렇게 되면 파양채의 선물뿐만 아니라 맨 밑층에 가져온 천살가의 선물까지도 보게 될 것이오."

"그, 그런……."

"정 선주. 그것을 숨길 수 있겠소?"

정서철은 빠르게 머리를 굴리더니 밀렸다.

"맨 밑층을 완전히 막아야 합니다. 그 수밖에는 없습니다."

그의 말을 들은 기시혼이 즉시 말했다.

"그러면 뱀을 풀 수 없소. 뱀들이 막힌 천장을 뚫을 수도 없는 노릇 아니오?"

정서철은 머리를 긁적였다.

"누군가 안에 미리 있어야 할 것입니다. 그러다가 시기가 되면……."

피월려가 말을 뺏었다.

"그때 위로 구멍을 뚫고 뱀들을 풀어야 할 것이오."

"……."

"……."

작은 침묵 가운데 피월려가 말했다.

"언제까지 사람을 보내면 되겠소?"

정서철이 말했다.

"확답은 드리지 못합니다. 빠르면 빠를수록 좋습니다. 최소한 닷새 이내에 보내주셔야 합니다."

"알겠소. 그 점은 천살가에서 상의하여 사람을 보내겠소."

"그럼."

정서철이 포권을 취하자 피월려가 말했다.

"하나 더."

"예? 또 어떤……."

"남궁세가 가주를 만날 때, 보선을 내주는 적당한 대가를 요구하시오."

"적당한 대가라면?"

"아무거나 상관없소. 남궁서가 생각하기를, 천포상단에서 남궁호를 이용해서 남궁세가에 줄을 대려고 하는구나… 라고 말이오. 아무것도 요구하지 않으면 더 의심할 것이오."

"흐음… 무슨 말씀인지 알겠습니다. 제가 적당한 것을 생각해 내겠습니다."

"실제로 천살가가 패배하고 무림맹이 승리한다면, 이를 통해서 천포상단은 이익을 취할 수도 있을 것이오."

"……"

그 말을 천살가에 속한 피월려가 직접 말하니 정서철은 순간 할 말을 찾지 못했다. 피월려의 앞에서 좋다고도 할 수 없고 나쁘다고도 할 수 없었기 때문이다.

피월려는 그 마음을 이해하고 웃으며 말했다.

"오늘같이 맑은 밤에 어려운 일들이 잘 처리돼서 기분이 좋소, 정 선주. 우연하게도 천운이 따랐소."

포근하고 부드러운 말.

정서철이 그 속에 뼈가 담겨 있음을 깨달은 건 수십 년의 강호 경험이 아니었다면 불가능했을 것이다.

그서 그 뼈를 우연히 밀한 깃인가?

아니, 우연이란 강호에 없다.

남궁호가 정확히 오늘 밤 배 위에 나타난 것도 우연이 아니다.

피월려가 지금 저 말을 하는 것도 우연이 아니다.

정서철이 결심하곤 나지막하게 말했다.

"강호의 우연은 없습니다."

피월려는 침묵하다 곧 툭하니 말을 내뱉었다.

"그럼 우리 쪽으로 완전히 마음을 정했다고 봐도 되겠소?"

정서철은 그 즉시 그 자리에 바짝 엎드려 고개를 조아렸다.

"천포상단이 남궁호를 파양채까지 유도한 사실을 파양채주로부터 숨겨주시다니, 천포상단이 큰 은혜를 입었습니다. 어찌 아셨습니까?"

"장사치는 절대 한쪽에만 줄을 대는 일이 없다고 누군가 내게 알려주었었소. 그리고 전쟁이 빨리 나면 날수록 장사치만큼 이익을 챙길 곳이 없지. 유혈사태가 나길 바랐겠지만 유감이오."

"파양채주에게 숨겨준 그것만으로도 저희 천포상단을 많이 봐주셨음을 압니다. 제 목숨으로 사죄드리겠습니다."

"아무것도 몰랐던 정 선주에게 무슨 죄가 있겠소? 천살성이 거짓을 꿰뚫어본다는 걸 알고, 정 선주 뒤에서 남궁호와의 일을 진행한 천포상단의 단주에게 있겠지. 정 선주도 아까 전에 눈치챈 거 아니오?"

"……."

"반나절 만에 이 일을 계획하고 시행했다면 천포상단주가 주변에 있겠군. 천하제일상인이라 불리는 천포상단주가 직접 성자에 머물러 천포상단을 진두지휘할 만큼 우릴 중요하게 생각한다니 참으로 기분이 좋소. 단주께 말씀 잘 부탁드리겠소. 이후로도 도움이 많이 필요할 것이오."

그렇게 말한 피월려는 기시혼의 인도를 받아 마차에 탔다.

점차 선착장에서 멀어지는 마차의 뒷모습을 보며 정서철이 나지막하게 말했다.

"천살가에 저런 인물이 나타나다니. 정말이지 세상은 넓군. 그에 비하면 나는 아무것도 아니다. 하아… 이제 겨우 대선주가 됐다고 안주하다니!"

이제 중년에 접어든 정서철은 그의 마음이 완전히 꺼졌다고 생각했었다.

하지만 지금은 그의 마음속 깊은 곳에서 생겨난 불씨가 조금씩 불타오르고 있었다.

                    *   *   *

성사에서 남장까시는 300리.

빠른 마차로 쉬지 않고 달릴 경우 대략 여섯 시진에서 여덟 시진까지 걸린다. 웬만한 마차는 이틀을 달려서야 도착할 수 있다.

특히 성자에서 남창까지는 거의 대부분 수로로 움직이기 때문에, 길 자체가 그리 좋지 못했다. 그리고 피월려의 몸 상태가 좋지 못해 거칠게 움직일 수도 없었다.

두두두두.

마차치곤 느린 속도지만, 난동을 피우듯 덜컹거렸다. 그 안에 있던 피월려는 말할 것도 없고 기시혼조차도 몸을 가누지 못할 정도였다. 때문에 몇 번이나 피월려의 호흡이 불안정해져 기시혼이 진기를 불어넣어야 했다.

해가 막 뜨려는 순간.

마부는 동쪽에서 올라오는 햇빛에 눈이 부셔, 잠시 손을 들고 눈을 가렸다.

그래서인지, 그에게 날아오는 비도를 보지 못했다.

"크악!"

마부는 비명을 지르며 자기 가슴을 내려다보았다.

그곳에는 그의 심장 언저리에 구멍을 만들어, 심장이 한 번 뛸 때마다 피를 한 사발씩 쏟아내게 만드는 비도가 박혀 있었다. 비도의 중간은 안쪽으로 깊게 패어 있어서, 피가 그 혈로(血路)를 타고 몸 밖으로 수월하게 빠져나갔다.

안색이 창백해진 그 마부는 정신을 잃고 땅바닥으로 떨어졌고, 주인을 잃은 말은 서서히 속도를 줄이기 시작했다. 천포상단에서 잘 훈련된 녀석이었기에 망정이지, 보통 말이었다면, 진작 미쳐 날뛰었을 것이다.

마차가 멈췄다.

마기를 끝까지 끌어 올린 기시혼이 마차 밖으로 나왔다.

그가 보니, 총 열두 명 정도로 보이는 마인들이 둥그렇게 마차를 감싸는 형태로 서 있었다. 모두 흑의를 입고 있었고, 그 안으론 검은 붕대를 피부 위에 감아 얼굴까지 가리고 있었다. 유일하게 보이는 두 눈 안에선 마기가 맴돌고 있었으나, 그 기운이 밖으로 표출되진 않고 있었다.

천마신교의 말존대다.

기시혼이 말했다.

"말존대가 여긴 무슨 일이지?"

흑의인들 중 가장 키가 작은 자가 앞으로 나오며 말했다.

"천살가인가?"

젊은 여인의 목소리.

기시혼은 눈을 좁히며 위협적으로 말했다.

"그렇다면?"

그 흑의여인은 뒤를 돌아보며 말했다.

"이지기 맞느냐?"

그 물음에 대답하는 목소리는 없었다. 하지만 여인이 고개를 끄덕이는 것으로 보아, 누군가 전음으로 대답한 것이 분명했다.

그 여인이 기시혼에게 다시 물었다.

"천살가의 인물 중 하나가 명령을 수행하던 말존대원 열일곱을 죽였다."

기시혼이 사악한 미소를 지었다.

"그래서? 날파리들이 죽는다 한들 누가 신경 쓰겠나? 게다가 말존대가 감히 천살가의 허락도 없이 천살가의 영역에서 활동해? 그리 죽은 건 오히려 복이다."

말존대를 앞에 두고 그렇게 말하는 기시혼을 보며 몇몇의 흑의인들이 강렬한 마기를 발산했다. 그러나 그 흑의여인은 그 도발에 응하지 않으며 차분하게 말했다.

"수행하던 명령이 교주명이었다. 천살가의 허락도 천살가의 체면을 위한 겉치레일 뿐, 율법상으론 허락을 구하지 않아도 전혀 문제가 없다. 다만, 교주명을 행하던 마인을 아무런 이유 없이 죽이는 건 중죄다."

기시혼이 말했다.

"사람만 쳐 죽이다 보니, 아주 개소리를 지껄이는구나. 본교의 절대율법은 강자지존. 명령을 수행할 능력이 없으면 죽어야지, 교주명을 수행한다고 해서 마치 교주를 뒷배에 둔 것처럼 교주의 권한을 행사할 수 있다고 보느냐? 자기 명령을 완수할 만한 강자가 주변에 없는 건 교주 사정이다. 자기 부하에게 그 그릇보다 넘치는 명령을 내리는 자라면 자격이 없는 거고. 정 원한다면 천살가에 그들을 도우라고 교주명을 따로 내리던가. 그걸 불복하면 그땐 본 교 내 마인을 모두 동원해서라도 처벌이 가능하니까. 하지만 교주명을 수행하던 자를 죽였다고 해서 중죄라는 건 어느 교의 율법인지 모르겠군."

"……."

천살성의 입에서 나온 말이라곤 상상도 할 수 없을 정도로 논리적이었다. 하지만 동시에 천살성의 입에서 나올 수밖에 없다고 믿을 만큼 과감하기도 했다.

순간적으로 흑의여인은 할 말을 찾을 수 없었다. 아니, 애초에 천살성이 이렇게 대화를 하리라곤 생각조차 못했었다.

기시혼이 꿀 먹은 벙어리처럼 가만히 있는 흑의여인을 향해 비아냥거렸다.

"이제 마차를 누가 끌 건가? 네년이 끌 것이냐?"

흑의여인은 그 말을 무시하고 말했다.

"안에 심검마가 있는 것을 안다. 교주께서 그를 소환하셨다."

"그걸 내게 명령하진 않았지. 말존대에게 했을 뿐. 나하고는 상관없는 일이다."

"그를 내놓지 않으면 네가 말한 대로, 강자지존의 율법으로 해결할 수밖에 없다."

"흥. 진작 비도를 던지지 못하고 혓바닥을 놀리는 것을 보니, 마음이 죽었다는 말존대원이라도 천살가의 이름이 무섭긴 한가보구나. 하긴 어설프게 천살성을 흉내 내는 네놈들이 감히 대적할 천살가가 아니지."

"……."

"안 오고 뭐 하나? 정작 자기 존재가 말살될 걸 생각하니 두렵나? 천하의 말존대가?"

그때, 마차의 문이 열리고 피월려가 나왔다.

피월려가 흑의여인에게 말했다.

"오랜만이오, 원설. 키도 좀 자랐군."

피월려의 늙은 얼굴을 본 원설의 손에서 비도가 흘러내려 땅에 떨어졌다.

천마신교의 말존대원인 그녀가 비도를 손에서 놓친 것이다.

"피… 피 대주?"

피월려는 앞에 있는 기시혼에게 가까이 다가가 들릴 듯 말 듯 속삭였다.

"내가 알기론 그녀도 혈교인이오."

"……."

"아마 그래서, 마부를 처리하고도 대화를 지속하는 것일 것이오."

그렇게 말한 후, 이번에는 원설에게 큰 소리로 말했다.

"우린 지금 천살가로 향하고 있소. 일단 그곳에 들른 후에, 내가 교주를 뵈러 가면 안 되겠소? 시일이 급한 것이 아니라면 말이오."

원설은 잠시 말이 없다가 물었다.

"천살가에서 내어주지 않으면 어찌합니까?"

"원 대원이 나와 함께 가서 상황을 직접 확인하시오. 그리고 정말로 내어주지 않는다면, 그땐 기 형이 말한 것처럼 교주께서 교주명을 내리시면 되는 것이고."

"……"

"원 대원에게도 그편이 낫지 않소?"

그 질문을 들은 즉시 원설은 피월려가 혈교에 관한 언급을 한 것이라 눈치챘다.

그녀가 말했다.

"좋습니다."

기시흔이 빠르게 말했다.

"단, 당신만 오시오. 당신의 대원들은 물리고."

원설은 손을 들었고, 그녀의 명령에 절대로 충성하는 말존 대원들은 그 일순간 먼지처럼 사라졌다.

원실은 머리에서 짐은 짐은 봉내를 풀며 그들에게 다기있다.

"원 대원이 아니라 원 단주입니다, 이젠."

원설의 자신 어린 말에 피월려가 밝아진 목소리로 답했다.

"축하하오."

밝디밝은 아침 햇살이 붕대를 완전히 풀어 재낀 원설의 얼굴을 환히 비춰주었다.

원설은 기시혼을 돌아보며 물었다.

"마차는 천살가 분께서 몰아주시겠습니까?"

"예?"

멍한 눈길을 하다가 깜짝 놀라는 기시혼을 보며 원설의 한쪽 입꼬리가 올라갔다.

"제 대원들을 모두 물리라고 한 장본인 아니십니까? 그러면 마차를 끄는 것 정도는 본인이 하셔야 맞지 않습니까?"

"……"

"그럼 부탁하겠습니다."

원설은 마차 안으로 들어갔고, 피월려도 안으로 들어갔다.

밖에 홀로 남겨진 기시혼은 한동안 정신을 차리지 못했다.

마차 양쪽에 앉은 그들.

마차가 움직이기 시작하자, 피월려가 먼저 말문을 열었다.

"마부를 죽이실 것까진 없었소."

원설은 기가 찬다는 듯이 말했다.

"진심으로 하는 소리십니까?"

"……."

"무림에 발을 들인 이상 그자도… 아니, 됐습니다. 생각보다 많이 바뀌셨군요. 죽음을 경험하고 나니 타인의 죽음에도 민감해지셨습니까?"

피월려는 작은 미소를 짓는 것으로 대답을 대신했다.

그가 물었다.

"어떻게 지냈소?"

대답은 없었다.

피월려는 그녀의 얼굴을 볼 수 없었지만, 그녀가 자기의 얼굴을 뚫어지게 주시하고 있다는 것을 알 수 있었다. 마기를 품은 그녀의 눈빛은 아침 햇살만큼이나 그 존재감이 강렬했기 때문이다. 그는 그녀의 시선이 그의 피부 위로 직접 떨어지고 있음을 느꼈다.

눈, 코, 입. 그리고 이마와 목까지.

원설은 피월려의 얼굴을 하나하나 놓치지 않고 자세히 보는 듯했다.

얼마나 오랜 시간이 지났을까.

원설이 시선을 거두곤 창문 밖을 보았다.

"미내로 어르신께서 분명 죽었다고 못 박으셨는데, 정말로 살아계실 줄은 몰랐습니다."

"나노 내가 소생일 줄은 몰랐소."

"박소을 장로님의 전갈을 가져왔습니다."

"교주님의 소환명은 거짓이었소?"

"아니요. 그것도 사실입니다."

피월려는 이상하게도 박소을의 전갈보다는 진설린의 의도가 더 궁금했다.

"내 마공을 모두 가져간 그녀가 내게 무슨 볼일이 남았는지는……."

원설이 말을 잘랐다.

"뭐, 옛정을 생각해서 다섯 번째 마군(魔君)으로 받으실지도 모르겠죠. 늙으신 몸으로 얼마나 교주를 만족시키실 수 있을지는 모르겠지만… 취향이 특이하신 교주님이라 가능할 수도 있겠군요."

혐오감이 가득한 어투였다.

피월려가 물었다.

"마군?"

"교주의 남자들입니다."

"……."

"질투 나십니까?"

"그냥 당황했을 뿐이오."

원설이 시큰둥하게 말했다.

"본 교 역사상 여색을 밝혔던 교주가 없었던 것도 아니고,

여성 교주가 없었던 것도 아닙니다. 다만 남색을 밝히는 여성 교주는 사실 어찌 받아들여야 할지 다들 어색하기만 합니다."

"아무래도 그럴 것이오. 나도 잘 상상이 안 가니."

"그녀는 그저 남색을 밝히는 것 외에는 아무것도 관심이 없습니다. 실질적으로 교주의 역할을 하는 건, 박소을 장로님입니다."

"아직도 그를 섬기시오? 혈교도 섬기시고?"

"저는 장로님을 섬기기에 혈교를 섬긴 것입니다. 장로님께서 혈교와 멀어진다면, 저 또한 멀어질 뿐이지요. 최근 들어 서서히 관계가 틀어지고 있어, 어차피 천살가에 한번 들를 생각이었는데 잘되었습니다."

"……."

"전갈은 간단합니다. 살아나서 축하드린다고. 그리고 여생은 지혜롭게 보내시라고."

원설의 냉정한 말에 피월려는 허무하게 중얼거렸다.

"흠, 화도 안 나는군."

"괜히 천살가나 교주의 비호를 받으며 이런저런 일을 꾸미지 말라는 말도 덧붙이셨습니다."

피월려는 힘없는 목소리로 물었다.

"왜? 그냥 나를 죽이고 끝을 내시지."

원설은 목소리에 차가움을 그대로 입히히며 대답했다.

"본래 명령은 그것이었습니다만, 교주가 어떻게 알 게 됐는지 소환명을 내리셔서 암살명을 철회하실 수밖에 없었습니다. 아시다시피, 입신에 오른 교주는 박소을 장로님도 어찌할 수 있는 수준이 아니라서 말입니다. 교주께서 데려오라고 떼를 쓰는데⋯ 어후. 그 광경을 직접 봤어야 합니다."

"그럼 처음 말존대에서 떨어진 명령은 나를 죽이라는 박 장로의 명령이었소?"

"네."

"악누 어르신의 감각이 맞았었군."

그 말을 듣고 원설은 깨닫는 바가 있었다.

"역시⋯ 말존대를 학살한 자가 악 원주님이셨군요. 하긴 아무리 천살가라도 그만한 일을 하실 분은 그분밖에 없긴 합니다."

"아, 어르신을 아시오?"

"말존대와 호법원은 각각 임무의 특성상 자주 합동훈련을 합니다. 호법원주이셨던 분을 모를 리가 없죠. 훈련 중에 있었던 암살 시도 중에 단 한 번도 성공한 적이 없습니다. 백여 번은 넘었을 텐데 말이죠."

"무공으로는 천마급 중에서도 상위권일 것이오."

"성격은 더합니다. 가끔 훈련 중 누군가 실수라도 하면, 실수하는 놈은 본 교에 필요 없다면서 훈련 중에 목을 잘라 버리셨습니다. 우리 앞에선 자기가 교주인 것처럼 구는 말존대주도 그것에 대해서 한 번도 항의하지 못했죠."

"역시 현역 시절에도 악명이 대단했었군."

"그런 분이 어떻게 호법의 일을 할 수 있었는지 의문입니다."

"이번에 직접 가서 한번 물어보시오. 뭐, 목숨 정돈 걸어야 할 것이오."

원설은 아미를 찌푸리며 창문을 닫았다.

"피 대주 이야기나 해보십쇼."

"마공이 폭주해 선천지기까지 모두 잃고, 노인이 된 것이오. 마교 내에선 흔한 이야기 아니오?"

"흔합니다. 벌써 사람들의 뇌리 속에선 대주님의 별호가 잊혔습니다. 최근에는 또 무슨무슨 귀? 그놈 이야기가 많더군요."

"그러니 내 이야기를 들어서 뭐 하겠소?"

"그래도 듣고 싶습니다."

"……"

"들려주시겠습니까? 어차피 가는 길이 지루하지 않습니까?"

"그렇긴 하지."

그렇게 피월려는 이야기를 시작했다.

다만 원설이 뼛속까지 박소을의 사람이라는 것을 알기 때문에, 사방신에 관련된 이야기는 최대한 생략했다.

원설은 정말 오랜 시간 동안 피월려의 이야기를 들으면서 그녀답지 않게 자세히 꼬치꼬치도 캐물어보았다. 정보를 얻기 위해 그랬다고 하기엔, 그 주제가 너무 사적인 것이라 의도가 순수하다고밖에 생각할 수 없었다.

긴 시간 동안, 이야기를 마친 피월려가 이제 묻기 시작했다. 그는 낙양지부의 상황과 그리고 거기서 그가 만난 사람들의 이야기가 궁금했다.

"다들 어떻게 지내시오? 낙양지부는 어떻고?"

원설은 퉁명스럽게 대답했다.

"낙양지부는 원래부터 없던 것처럼 됐습니다. 교주나 박 장로님 사정은 말했고… 아, 그냥 정확하게 이름을 말씀해 주십시오."

역시 성격은 그대로였다.

피월려는 살짝 미소 지으며 말했다.

"내 친우인 혈적현부터. 그리고 무영비주들은 어떻소?"

"혈적현? 아, 그자는 본부의 공방전(工房殿)이라는 새로운 곳의 전주로 있습니다. 교주께서 피 대주의 친우랍시고 그가 원하는 걸 다 들어줬었죠. 그곳에 틀어박혀 그 누구도 만나지 않으며 거기 사람들과 이상한 연구만 하는 걸로 알고 있습니다. 박 장로님이 은밀히 도와주고 계시는데 그 이유는 모르겠습니다."

"박 장로가 도와준다라……."

"그리고 다른 무영비주들은 잘 모르겠습니다."

"적현은 서린지와 잘되었소?"

"연애사까지는 모릅니다."

"그럼 천 공자는?"

"명실공히 정실부인이지요."

"……."

원설은 비웃듯 말했다.

"아, 이럴 때는 정실마군이라 해야 하나? 하여간 모든 마인의 조롱을 감수하면서 현천가의 기대와 공자 신분도 버리고는, 교주의 일마군(一魔君)이 되었습니다."

"그토록 사랑한 것인가?"

"교주의 미모와 색공을 생각한다면 이해가 아주 안 되는 건 아닙니다. 교주가 마음먹고 발산하는 색기를 감당할 남자는 하늘 아래 없을 겁니다."

"……."

"그건 대주께서 더 잘 아시겠지요."

피월려는 인정하지 않을 수 없었다.

그도 마지막 순간까지 그녀에게 휘둘렸다는 걸.

가신이 초라해지는 기억에 머무르고 싶지 않았던 피월려가 화제를 돌렸다.

"그럼 다른 대주들은 어찌 되었소? 초류선과 소오진… 그리고 구양모, 단시월 말이오."

"초 대주는 말존대에 입대하셨습니다. 바로 단주가 되셨죠. 또한 단시월은 흑룡대에 입대했습니다. 거기 입대한 지 얼마 되지도 않았는데 온갖 사건의 주인공이 되었다고 합니다. 그리고 소오진과 구양모의 소식은 들은 것이 없습니다."

피월려는 잠시 동안 침묵했다.

그리고 무거운 입을 열었다.

"그럼… 주하는 어찌 되었소?"

원설은 피월려를 물끄러미 보며 피월려가 뜸 들인 만큼 똑같이 뜸을 들였다.

그녀가 대답했다.

"직접 만났었습니다. 말하기를… 더 이상 무(武)에서 의미를 찾을 수 없다고 말하더군요."

"그녀가 그랬소?"

"암령가로 돌아간다고 했습니다. 그리고 마공을 폐한다고 하더군요."

지금까지 한 번도 감정을 표한 적이 없던 피월려가 떨리는 목소리로 말했다.

"무공을? 정말이오? 왜? 왜 그런 선택을 한 것이오?"

"역혈지체인 여인은 아이를 낳을 수 없습니다. 그래서 천마오가의 여식들은 마공을 익히지 않는 것이 보편적인데, 그녀는 가문의 만류를 뿌리치고 마공을 익혔었습니다. 이제 무에 회의를 느꼈으니… 아마 역혈지체를 철소(撤消)하여 평범한 아녀자가 되려는 생각일 겁니다. 무에서 의미를 찾을 수 없으니, 더 이상 자기 아버지의 말을 거역할 이유도 명분도 없는 것 아니겠습니까? 높은 집안의 여식들이 다 그렇지요, 뭐."

"그, 그런……."

"역혈지체가 되는 것도 고통스럽지만, 그걸 철소하는 것도 고통스럽습니다. 아마 오랫동안 고통받아야 할 겁니다."

"……."

"더 물으실 사람 없습니까?"

피월려는 자연스럽게 주하의 오라비인 주소군 생각이 났다.

"그럼 주소군은 어떻게 지내오? 은퇴하고 역시 암령가에 있소?"

"그는 천살가에 있는 걸로 압니다만?"

피월려는 자기 귀를 의심했다.

"천살가에? 정말이오?"

"제가 알기로는 식솔로 있다고 들었습니다. 정말 모르셨습니까?"

"전혀 몰랐소."

"그럼 이따가 같이 볼 것 같습니다."

"그가 천살가에 왜 있다는 말이오? 혹시 내가 거기 간다는 걸, 아는 것 아니오?"

"그건 아닐 겁니다. 다만⋯⋯."

"다만?"

"천살가에서 그를 스승으로 모시고 싶어 하는 고집스러운 아이가 있다는 말을 들었습니다. 천살가 내부에서도 아주 괴짜라, 본부에서 가끔가다 마주치는 천살성들이 하나같이 그 애 이야기를 했었습니다."

"아… 흑설."

"아시는 아이입니까?"

"나를 기억할지는, 가봐야 알겠소."

"그렇습니까? 뭐, 여자에게 강렬한 인상을 남기시는 피 대주라면 충분히 기억되실 겁니다."

원설이 눈웃음을 지었다.

피월려는 잔잔한 목소리로 말했다.

"하하하. 그 눈웃음을 보니, 예전 처음 만났을 때가 떠오르오."

눈웃음이 순식간에 사라졌다.

"눈이 보이십니까?"

피월려는 천천히 고개를 저었다.

"아니오. 그저 그런 가시 돋친 말을 할 때마다 짓던 눈웃음이 기억나서 그랬소."

"정말입니까?"

피월려가 그녀의 되물음을 무시하고 말을 이었다.

"하여간 그때는… 이렇게 인연이 이어질 줄 꿈에도 몰랐었소."

피월려는 작은 웃음소리를 냈지만, 원설은 조금도 따라 웃지 않았다.

*   *   *

그들은 그날 미 시 초에 남창 서쪽에 있는 천살가에 당도했다.

천살가의 건물은 생각만큼 호화스럽지 않았다. 그러나 그 크기에 있어 타의 추종을 불허했는데, 천살가 전체를 두르는 담이 산언저리 끝으로 이어지고 있었다. 남창 서쪽에 있는 산 전체가 바로 천살가의 땅이었던 것이다.

피월려와 원설은 기시혼의 안내를 받으며 천천히 천살가 내부를 걸었다.

그 안에는 드문드문 전각들이 건설되어 있었다. 그중에는 새로 지은 것도 있었고, 얼마나 오래된 것인지 감도 잡히지 않는 건물도 있었다. 마치 중원의 수백 년간 변화하고 발전된 건축 기술을 점진적으로 보여주는 것 같았다.

게다가 사람도 없었다. 아니, 어느 집에나 흔히 있는 문지기도 없어서 그냥 대문을 열고 걸어 들어왔다. 한적한 저택들 사이로는 동물들이 뛰놀고 있었고, 나무 위에는 새들이 지저귀고 있었다.

피월려가 물었다.

"천살가에는 하인도 없소?"

"없소. 천살성 외에는 식객들뿐이오."

"그럼 이 넓은 집을 어찌 관리한단 말이오?"

"관리하지 않소. 필요한 건 각자 알아서 할 뿐이오. 밥을 먹는 것도 옷을 입는 것도, 각자가 알아서 하오."

"……"

"내가 가문을 떠난 지 조금 오래되어 가주님께서 기거하는 집의 위치를 모르오. 일단은 주소록(住所錄)을 확인해야겠소."

"주소록?"

"가보면 아오."

그렇게 반 다경 정도를 걸은 그들은 한 거대한 나무에 도착했다. 겨울이 다가오는 시기에도 울창한 나뭇잎을 전신에 두르고 있는 그 나무는 두세 사람이 둥글게 원을 만들어야 할 만큼 굵은 몸통을 가지고 있었다.

기시혼은 그 앞에 서서 나무 속을 이리저리 둘러보며 말했다.

"천살가의 명물인 상록거수(常綠巨樹)이오. 이 나무줄기에는 각각의 저택들의 주소록이 음각되어 있는데, 거기에 해당하는 곳에 자기 명패를 걸어놓소."

피월려는 거대한 나무를 올려다보며 물었다.

"적어도 가지가 천 개는 넘을 것 같소만?"

"천살가 내부의 저택은 천 개 이상이오. 저기 있군. 잠시 기다리시오."

기시혼은 상록거수의 줄기를 타고 보법을 펼쳐 위로 올라갔다. 그리고 한 굵은 가지에 안착한 뒤, 그곳에 매달린 명패를 확인하곤 내려왔다.

"갑오에 이십칠이라… 이쪽으로 따라오시오."

기시혼은 다시 한쪽 방향으로 걷기 시작했다.

역시 평화로운 들판과 나무들, 그리고 저택들이 연속적으로 나왔다. 중간중간 연못도 보였고 작은 시냇물이 흐르기도 했다.

그렇게 반 식경을 또 걸은 후에야 그들은 한 허름한 저택에 도착할 수 있었다.

그들 중 단 한 명도 그것과 같은 형식의 저택을 본 적이 없는 것으로 보아, 시어신 시기가 상당히 오래된 것임이 분명했다.

"갑오 이십칠. 이 저택이 맞소. 안에 기별을⋯⋯."

"할 필요가 없어. 누구?"

그 목소리를 들은 피월려 일행은 일시에 뒤를 돌아봤다.

기시혼의 말을 자른 백의백발의 노인. 새하얀 피부에 허리까지 내려오는 긴 백발은 물결처럼 흔들렸고, 온몸을 가린 백의에는 티끌 하나 없었다. 게다가 그의 오른쪽 눈은 백내장에 걸린 것처럼 완전히 백색으로 물들어 있었다.

그 노인에게서 찾을 수 있는 유일한 색은 바로 왼쪽 눈의 검은 눈동자뿐이었다.

기시혼이 고개를 숙이며 말했다.

"안녕하십니까, 가주님."

"오랜만이야, 시혼아. 옆에 있는 자가 말로만 듣던 피월려?"

피월려는 포권을 취하며 말했다.

"처음 뵙습니다. 피월려라 합니다."

백의백발의 노인이 온화한 미소를 지었다.

"아. 드디어 만나네. 나는 천살가 가주, 돈사하라고 한다. 옆에 계신 여인은 누구고?"

원설도 고개를 숙였다.

"혈교의 원설입니다."

돈사하가 의미심장한 미소를 지었다.

"천살성이 아닌 자가 무슨 혈교? 혈교의 의미도 모르면서 그런 소릴 하는 건 아니다, 아가야. 네가 섬기는 자가 누구냐? 박소을이더냐? 그자 냄새가 나는구나. 말해보거라."

가만히 보면, 돈사하는 평범한 노인 같았다.

하지만 평범한 노인과 다른 점이 있다면 바로 그의 기척.

말존대에서 적의 기척을 포착하는 것을 전문적으로 훈련받은 원설도 돈사하의 기척을 전혀 느낄 수 없었다. 시야를 제외하면 돈사하가 그곳에 있다는 존재감 자체가 느껴지지 않았다.

아니, 오히려 시야가 잘못돼서 돈사하의 모습이 보이는 것 자체가 환상이라고 생각하는 것이 더 논리적인 판단일 것이다.

원설은 한 명의 말존대 일원으로, 그 반박귀진(反撲歸眞)의 마인에게 절로 고개가 숙여졌다.

"그렇습니다. 박 장로님을 섬기고 있습니다."

"흐음. 그래? 그의 전갈이 있겠구나? 하지만 우선 가족끼리 할 말이 있다. 아가는 잠시 밖에서 기다리고 있거라."

"……."

돈사하는 느긋한 걸음으로 저택 안으로 들어갔는데, 그 와중에도 원설은 어떠한 기척도 느낄 수 없었다.

그 뒤를 기시혼이 따라갔고 남겨진 피월려와 원설은 가만히 서 있었다.

그런데 안으로 들어갔던 돈사하가 고개를 빼꼼 내밀고는 피월려에게 말했다.

"월려는 왜 안 들어오시는가?"

"예?"

"가족이니 들어와야지."

피월려는 안 그래도 그 점을 묻고 싶어 말했다.

"전에 악누 어르신께서 제가……."

돈사하는 피월려의 말을 잘랐다.

"형주다. 천살가 내에서 너무 나이가 많다 싶은 가족은 형주라 칭하느니라."

피월려는 다시 말했다.

"그, 악누 형주님께서 천살가에 도착하면 알게 될 거라고 하셨는데… 제가 왜 가족인 겁니까? 천살성이기 때문입니까? 제가 알기론 무슨 시험 같은 걸 통과해야 천살가에 들어올 수 있는 것으로 압니다만."

돈사하는 고개를 살며시 흔들었다. 그러자 길게 내려오는 그의 백발이 그에 맞춰서 찰랑거렸다.

"월려는 특수한 경우니까. 시험은 조금 미루지, 뭐."

"무슨 경우입니까?"

"결혼하지 않았나? 우리 가족이랑. 그러니 자연스레 가족이 되는 거지."

"예?"

돈사하는 다시 안으로 들어가며 마지막 말을 남겼다.

"흑설의 황주를 마셔놓고 모른 척하기? 쯧쯧쯧. 흑설이가 낭군님을 얼마나 기다렸는데……. 외관만 늙은 게 아니라 뇌까지도 늙은 모양이군. 쯧쯧쯧."

돈사하의 모습이 사라졌고 피월려는 어리벙벙한 채로 한동안 서 있었다.

원설은 경악한 표정으로 그런 피월려를 흘겨보았다.

짹짹짹.

지저귀는 참새 소리에 피월려가 나지막하게 중얼거렸다.

"그때 예화가 팔아먹은 노주가… 흑설의 황주였나? 그래서 나 선배가……. 하아."

피월려는 그렇게 자기도 모르는 사이에 유부남이 되었었다는 걸, 그로부터 이 년 뒤인 오늘에서야 깨달았다.

제구십구장(第九十九章)

집 안은 허름했다.

네 명의 장정이 나란히 누우면 꽉 찰 정도로 작은 방에 당장에라도 찢어질 듯한 얇은 종이로 문과 창을 만들어놓았다. 그 외에는 모두 흙과 짚으로 이뤄져 있어, 집 안의 산 내음이 밖에 보다 더 진한 듯했다.

원설이 부축을 받아 집 안까지 들어온 피월려는 바닥에 앉았다. 그런데 바닥이 살이 데일 것처럼 뜨거워 어정쩡한 자세로 앉고 서기를 반복했다.

돈사하가 그를 보며 웃었다.

"걱정 말아. 온돌 바닥이라 처음에만 뜨겁지 살이 익지는 않아. 아기는 나가 있고."

원설은 순간 그가 자기에게 한 말이라곤 생각하지 못했다. 하지만 돈사하의 눈길을 보곤 '아기'가 자기를 칭한다는 걸 깨달았다.

그녀는 입을 다물고는 포권을 취한 뒤 밖으로 나갔다.

바닥에 손을 대본 피월려 물었다.

"처음 보는 것입니다. 어느 지방의 것입니까?"

돈사하가 대답했다.

"내 어머니께선 동에서 오셨어. 젊을 적 천살가에 들어왔을 때, 어머니를 여기서 모셨었다. 고향 집을 그리워하셔서 이렇게 지었지."

"아, 고려인이셨습니까?"

"그래, 고려. 지금은 국호가 바뀌었다 들었는데, 정확하게는 모르겠군. 시혼아, 갔던 일은 어찌 되었어?"

기시혼이 대답했다.

"여기 피 형의 도움을 받아 잘 처리했습니다. 다만 본래 계획과는 조금 틀어지게 되었습니다."

"계획이란 것이 다 그렇지. 어떻게 되었는데?"

"피 형께서 직접 말씀드리는 것이 좋지 않겠습니까?"

원대 계획을 모르는 피일려는 그 차이를 설명할 수 없다.

이를 기시흔이 모르고 물은 것이 아니라면 공을 뺏는다는 오해를 할까 봐 예의를 차린 것뿐이다.

피월려는 정중히 거절했다.

"괜찮소. 기 형께서 하시오."

기시흔이 돈사하를 보며 말했다.

"우선 남궁세가가 호구에서 뱃길을 이용하는 것은 확실합니다. 또한 천포상단의 대선주 정서철도 사천에서 잘 도착하였습니다. 그리고 그와 함께 파양채에 가게 되었는데……."

이후 기시흔은 파양채에서 있었던 일과 그 이후의 일까지도 모두 말했다. 돈사하는 그의 흰 수염을 쓸어내리며 생각에 잠겼다가, 곧 입을 열었다.

"닷새라… 내일 중으론 사람을 정해 천살가에서 떠나보내야 안전하겠어. 배 바닥에 숨는 역할에 적합한 사람은 내가 알아서 생각한 후 보낼 테니 더 신경 쓰지 마. 다만, 교주와 박 장로 쪽이 문제군."

피월려가 말했다.

"그 부분에 대해서 저도 궁금한 점이 많습니다."

돈사하가 피월려를 돌아봤다.

"무슨 궁금증?"

"사방신과 관련한 모든 사항 말입니다. 특히 박소을에 대해서 아시는 모든 것을 듣고 싶습니다."

돈사하의 흑백안(黑白眼)에 묘한 빛이 떠올랐다.

"악누가 말하길, 너는 복수할 생각이 없다 했는데 그걸 알려고 하는 이유가 뭐야? 알아도 무엇을 어떻게 하려고?"

"……"

피월려의 침묵이 어떤 의미인지 파악한 돈사하가 기시혼에게 고개를 돌렸다.

"시혼아."

"예?"

"월려가 개인적인 사정을 말하고 싶어 하니, 자리를 비켜줄 수 있겠어? 그리고 밖에 있는 아이에게도 100장 밖으로 떨어졌다가 반 시진 후에 들어오라고 일러주고."

"아직 임무에 대해서 말씀드릴 것이 남았습니다."

"월려가 어떤 사람인지 파악하라고 했던 그 임무 말이냐?"

"……"

"내가 알아서 할 테니, 너는 그만 가봐."

"존명."

포권을 취한 기시혼은 피월려를 흘겨보았고, 피월려는 우연하게도 그에 맞춰 고개를 살포시 끄덕였다.

설마 보이는 것인가?

아무것도 아닌 그 행동이 너무나 이질적으로 느껴진 기시혼은 사기도 모르게 바른침을 삼켰다.

탁.

문이 닫히는 소리가 들리고, 원설과 기시혼의 작은 언쟁을 시작으로 커진 소음은 그들의 멀어지는 발소리를 끝으로 사라졌다.

그렇게 세상은 서서히 고요함으로 물들었다.

방 안의 침묵이 점차 진해졌다. 전에는 들리지 않던 미세한 소리들이 귓가를 간지럽히기 시작했다. 숨소리는 폭풍처럼 들렸고, 심장 소리는 지진처럼 울렸다. 뜨거운 방바닥에서 올라오는 열기에 흔들리는 기류의 얕은 바람 소리조차 들렸다.

하지만 한 가지 전혀 들리지 않는 것이 있었다.

피월려가 물었다.

"아직 계십니까?"

"응."

"……"

"왜 그런 표정을 지어?"

"제 생각인지, 아니면 정말로 귀에 들리는 건지 분간이 안 갈 정도입니다. 실제로 계시긴 한 겁니까?"

돈사하가 손을 들어 수염을 쓸자, 기분이 편안해지는 부드러운 소리가 났다.

그것으로 피월려는 돈사하의 존재감을 겨우 느낄 수 있었다.

돈사하가 말했다.

"본좌는 말존대 출신이야. 거기서 처음 암공을 익혀 사십이 될 때까지 기계적으로 사람만 죽였지. 그러다 보니 어느새 말존대주가 되었었다. 하지만 달라지는 건 없었고, 계속 사람을 죽일 뿐이었지. 그러다가 또 어느 날… 천살성이 됐어."

"어느 날… 말입니까?"

"그날따라 대상이 그려진 그림을 손에 쥐었을 때부터 느낌이 이상했지, 아마? 내게 있어 암살대상은 그저 나무토막에 지나지 않는데… 그날은 뭔가 이상했어. 하지만 애써 그 감정을 무시하고 암살했다. 그리고 그가 내 친부였다는 건 며칠 뒤에 알게 되었지."

"……"

"딱히 그 사실을 알고도 별생각은 없었다. 하지만 뭔가… 마지막까지 마음속에 남아 있던 무언가가 사라졌다는 건 알 수 있었지. 그 뒤, 나를 알아본 천살가의 사람들이 나를 천살가에 입적(入籍)시켰다. 그러나 달라지는 건 역시 없었어. 천살가에 어머니를 모시고 효자를 연기하며, 밖에선 여전히 사람을 죽였지. 그러다 어머니께서 사거하시고 말존대주 자리를 내놓았다. 그 후, 세월이 흐르고 칠순 그리고 여든까지 넘기다 보니, 천살가에서 가장 연장자가 되었다. 그래서 천살가의 기주가 되었지. 하지만 역시 달라지는 선 없었어. 여전히 사람을 죽일 뿐이야."

피월려는 이해할 수 없었다.

"왜 이런 이야기를 제게 해주시는 겁니까?"

돈사하는 다시금 수염을 쓸어내렸다.

"스승이 될지 모르는 사람에겐 더한 것도 할 수 있지. 월려
는 안 그런가?"

돈사하와 피월려는 할 이야기가 산더미처럼 많다.

박소을에 관한 것, 백호에 관한 것, 천살가에 관한 것, 흑백
대전에 관한 것 등등.

그러나 그 모든 것을 뒤로 제쳐둘 정도로 돈사하가 가장
관심을 갖는 건 무공이었다.

피월려가 말했다.

"천생 무인(武人)이시군요. 기 형을 물리신 이유가 제 사정
을 듣기 위함이 아니라 무공에 대해서 논하고 싶어서 그런 것
입니까?"

돈사하가 껄껄 웃었다.

"악누에게 듣자하니, 그 미약한 육신을 입고도 무에 대한
열망은 조금도 사그라지지 않았다고 들었어. 하지만 아무리
강한 정신도 약한 육신 속에선 쇠하게 마련. 그 열망이 언제
사라질지 모르니, 내 마음이 급한 건 월려가 이해해. 말이 길
어질 텐데, 차라도 내올까?"

"괜찮습니다."

피월려가 그렇게 대답할 줄 알았다는 듯 돈사하는 즉시 말을 시작했다.

"그럼 바로 본론으로 들어가지. 암공의 끝은 흔히 반박귀진(返璞歸眞)으로 알려져 있어. 이쪽 방면에선 금강불괴, 환골탈태, 뭐 이런 거랑 같은 거야. 내부의 기운이 전혀 밖으로 드러나지 않는 것이지. 검선을 직접 보았다 들었는데, 그에게서도 반박귀진을 보았겠지. 안 그래?"

"예, 보았습니다."

"그의 반박귀진과 본좌의 반박귀진은 무엇이 다르지?"

피월려는 이소운이 이운소로 위장하고 그를 만났을 때를 떠올렸다.

"그는 평범한 고수 같았습니다. 그 누구도 그가 검선인지 알 수 없을 만큼… 정말 평범한 고수로만 보였습니다. 하지만 어르신께선 존재 자체가 사라진 듯합니다."

"역시 그렇군… 아, 그리고. 어르신이 아니라 가주라고 해. 자네도 이제 가족이니."

그러고 보니 흑설에 대해서도 할 말이 있다.

피월려는 많은 궁금증들을 애써 억눌렀다. 물어봤자, 무에 관한 이야기가 끝나기 전에는 제대로 대답해 주지 않을 것 같았기 때문이다.

가도무에게서부터 느꼈지만, 천살성은 정말이지 자기가 하고 싶은 이야기만 한다.

피월려가 돈사하에게 질문했다.

"가주님께서 가시는 길은 반박귀진과 다른 것 아닙니까? 반박귀진은 평범한 사람처럼 보이는 것이고 가주님이 걸으시는 길은 아예 존재감이 사라지는 것이니……."

돈사하가 단호하게 말했다.

"아니, 같아. 나도 다르다 여겼지만, 모든 암공의 모태를 살펴보면 반박귀진이야말로 암공의 끝이란 걸 알 수 있지. 암공은 발전한답시고 모습이 사라지거나 소리를 죽이는 방법을 연구하였다. 하지만 최근 들어 본좌의 생각엔 그것들은 오히려 퇴보라는 거야. 암공의 진정한 끝자락은 완벽히 사라지는 것이 아니라 완벽히 범인처럼 보이는 것이지."

"어째서 그렇습니까?"

"존재감이 너무 없는 건, 존재감이 강한 것만큼이나 이질적인 것. 다시 말하면 존재감이 너무 없기 때문에 그 존재감이 너무 강렬하지. 너무 높아도, 너무 깊어도, 해면(海面)에선 멀어져. 무(無)라는 건 결국 균형이거든."

"균형……."

"내가 길거리를 걸어간다고 생각해 봐. 소리 하나 나지 않는 나를 보고 놀라지 않을 사람이 어디 있겠어? 나를 보는 순간 너무 인상이 없는 것이 오히려 강렬하게 다가와 머릿속에서 지워지지 않을 거야. 이것이 어찌 암공의 끝이란 말이야?"

돈사하는 존재감에 있어 무에 가장 가까운 사람이었다. 그런 사람이 하는 말이니, 피월려는 감히 반박하기 어려웠다.

피월려가 말했다.

"제가 가주님께 감히 어떤 가르침을 줄 수 있을지 모르겠습니다."

"본좌가 평생을 걷는 길. 바로 암공으로 입신에 오르는 길이지. 이 길의 방향을 알려줬으면 해."

"저는 암공을 모릅니다."

"입신은 좀 알지 않나? 그걸 말해줘. 본좌도 나름 생각이 있으니 확인하고 싶어."

"……"

피월려가 말이 없자, 돈사하가 재촉했다.

"자네가 원하는 것쯤이야 무엇인지 알고 있어. 이미 모든 건 준비되어 있지. 그러니 입신에 관한 것을 말해줘."

"제가 말한다고 한들, 도움이 되지 않을 것입니다."

"본좌가 단 한 번도 마주한 적이 없는 입신의 고수들을 여럿이나 만나보았고, 내가 평생 동안 노력한 것보다 더욱 치열하게 입신을 열망했으니, 본좌의 생각을 판단할 수 있을 거야."

"제가 무공을 잃지 않았다고 해도, 경지에 있어 가주님보다 아래일 것입니다. 그런데 제가 어찌……."

"세 사람이 길을 걸으면 그중 하나는 스승이라지. 세 살 먹은 어린아이에게도 배울 것이 있다지. 그러니 월려가 내게 가르쳐 줄 수 있는 것이 반드시 있을 거야."

천살가 가주라는 위치에 있는 자가 이토록 간절히 또 솔직히 자기의 욕망을 말할 수 있는가?

그것도 모든 것을 잃어버린 죽기 직전의 노인에게.

피월려는 돈사하에게 순수하게 감탄했다.

악누와 돈사하는 극과 극처럼 달랐지만, 무학에 대한 열정만큼은 똑같이 강했다.

그래서일까?

비어버린 그의 마음속에서 작게 타오르던 불꽃이 자극을 받아 커지기 시작했다.

잠깐의 침묵 후에, 피월려가 조금은 생기 어린 목소리로 말하기 시작했다.

"반박귀진이 범인과 같이 되는 것이라면… 제가 만나본 어떤 입신의 고수도 진정한 반박귀진을 이루진 못했습니다."

돈사하의 눈빛 또한 생기로 가득해졌다. 지금까지 현묘한 눈빛만을 내던 그 두 눈이 드디어 인간의 것처럼 보이기 시작한 것이다.

"왜?"

"그들 중 가장 내공이 겉으로 드러나지 않았던 검선의 경우에도… 일류고수, 아니 절정고수 정도로 보였습니다. 그 정도라고 해도 그의 본래 실력에 비하면, 사실 완벽에 가깝게 갈무리된 것이긴 합니다만… 완벽이라 할 순 없습니다. 완벽했다면, 범인처럼 보였을 겁니다. 그 눈빛부터가 달라, 누구도 그를 범인으로 생각할 순 없었습니다."

"다른 입신의 고수들은 더 했나?"

"전 황룡검주 진파진은 바라보는 것만으로도 입신인 것을 알 수 있었을 만큼 그 기운이 대자연과 조화를 이루었습니다. 나 선배 아니, 태룡검수도 제겐 절정으로 보였습니다만, 저보다 더 성취가 높으신 분들은 그의 본실력을 알아보는 것 같기도 했습니다만."

"태룡검수라면 혹 전 부교주 태룡마검을 말하는 건가?"

"네."

"흐음. 그럼 모두 제대로 된 입신에 오르지 못해서 그런 것일 수도 있지."

"혹 무언가 아시는 게 있습니까?"

돈사하가 수염을 여러 차례 쓸며 천천히 말했다.

"사실, 입신이라는 것이 말이야. 너무나 추상적인 것 같다는 생각은 한 적 없어? 그것이 실존한다는 게 과연 맞는 것인가 해. 악누도 같은 의심을 품었었지. 상대적인 인간이 상대적으로 강해져서 어떻게 절대적인 경지에 이르는 것이 가능하냔 말이야."

피월려가 물었다.

"어르신께서는 입신이 환상이라고 보십니까? 그저 악누 형주님께서 말씀하신 것처럼 너무나 큰 상대적인 차이가 절대적인 것처럼 비춰진 것이라는 겁니까?"

"악누는 절대적인 것처럼 비춰졌다고 생각하지 않아. 너무나 큰 상대적인 차이가 곧 절대적인 차이 그 자체라고 생각하지."

"……."

한참을 생각한 돈사하가 말을 시작했다.

"무공이란 게 이상한 점이 있어. 무공을 익히면 익힐수록 말이야, 인간이 가진 전반적인 능력들이 모조리 상승하지. 그게 웃기지 않아? 검공을 익히고 또 익히다 보면, 검공의 성취가 늘어나는 건 당연해. 하지만 왜 기감까지 늘어나냔 말이야."

"그야… 당연한 것 아닙니까?"

"당연한 것이라 믿기 때문에 당연한 거야. 하지만 매일같이 암살행을 나갔던 나는 어느 순간부터 그 당연함에 의문을 품기 시작했어. 대상이 고수이면 고수일수록 더 암살하기 어렵다는 점이 이상했지."

"무슨 뜻인지……."

"나무꾼이 나무를 베다 보면 집을 잘 짓게 되나? 아니면 정치를 잘하게 되나? 아니야. 나무를 베다 보면 나무를 잘 벨 뿐이야. 검공도 마찬가지지. 검공을 익히다 보면 검공에 조예가 늘어나야지 하지만 잠을 자고 있는데, 왜 더 예민해지느냐 말이지. 왜 더 암살하기가 어려워지느냐 말이야."

피월려는 돈사하의 의문에 별로 공감할 수 없었다. 그가 무엇에 의문을 품는지는 알겠지만 그 해답이 너무 명확했기 때문이다.

"그거야, 검공이 아니라 내공의 영향 아니겠습니까?"

돈사하가 주먹으로 자기 손바닥을 내려쳤다.

"그래! 내공!"

"……."

"그놈이야. 검공의 조예가 높기 위해선 내공이 심후해야 하고, 내공이 심후하다 보니 각종 다른 신체 능력도 전반적으로 상승하는 것이지. 즉 검공의 차이 때문이 아니라 내공의 차이 때문에 검공을 제외한 다른 능력에서도 차이를 보여."

피월려는 돈사하의 말에 자기 말을 덧붙였다.

"하지만 그렇다고 해서 검객이 갑자기 창을 쓸 수 있는 건 아닙니다. 즉 외공의 경우는 내공처럼 전반적인 상승이 이뤄지지 않다고 할 수 있습니다."

"그래, 그래. 맞아. 그것이 내공과 외공의 차이라고 말할 수 있겠군."

말 그대로는 결론을 내린 것 같았지만, 돈사하의 말투에는 묘한 여운이 남아 있었다.

피월려가 물었다.

"그 점에 대해서 무엇이 더 의문이십니까?"

"그럼 입신에 들기 위해선 무엇이 완성되어야 할까? 생각해 보았나?"

"예?"

"내공일까? 외공일까? 한번 말해봐."

내공의 완성?

외공의 완성?

피월려는 입을 벌리고 다물기를 반복했다.

돈사하의 말에 무언가 알 것 같기도 하면서 모르는 것 같기도 했기 때문이다.

피월려는 일각이 걸려서야 답을 내놓았다.

"전에 그 점에 대해서 생각해 본 적은 없습니다만… 내공이 아닐까 싶습니다."

"왜?"

"입신이라는 것은 흔히 대우주와 소우주의 합일을 말하는 것 아니겠습니까? 대자연의 기운을 그대로 내공처럼 사용하여 무한한 기를 자신의 것으로 삼을 수 있다는 점이 입신에 관한 공통된 의견이라 생각합니다."

무한한 내공이야말로 흑백좌우를 가릴 것 없이 누구나 인정하는 입신의 기준이다.

돈사하는 그 기준을 날카롭게 흔들어 보였다.

"그럼 외공과는 상관이 없나? 외공의 성취와는 관계없이, 그저 내공의 성취만 완성된다면, 그것은 입신인가?"

"그, 그건……."

"상관없다고도 말하지 못하겠지?"

"……."

돈사하는 수염을 쓸어내렸다.

"처음 인간이 무기를 들었을 때를 상상해 보게. 언제인 것 같아?"

"한계를 극복하기 위해서 아닙니까?"

"처음 인간이 무공을 익혔을 때를 상상해 보게. 언제인 것 같아?"

"한계를… 극복하려 할 때였을 겁니다."

"흑설이 처음 천살가에 들어왔을 때 했던 말이 있지. 들어봐."

"네."

"체(體)란 음식을 기반으로 힘은 생성하고, 기(氣)란 공기를 기반으로 힘을 생성한다고 했지. 그리고 심(心)은 의지를 기반으로 힘을 생성한다. 나는 이것만큼이나 사람이 힘을 얻는 것에 대해서 잘 설명한 것이 없다고 생각해. 인간은 음식과 공기 그리고 마음으로 힘을 얻지."

"……."

"하지만 이건 반쪽이야. 그 이유를 알아?"

피월러가 그가 얻었던 깨달음을 그대로 말해주었다.

"힘을 생성하는 방법만 있기 때문입니다. 온전하려면 그것을 사용하는 것도 알아야 합니다."

"사용하는 요소는 뭐라고 칭했던가?"

"중(重), 쾌(快), 환(幻)이라고 했었습니다."

"그래, 그랬었지. 자네는 이를 통해서 무엇을 깨달았지?"

"이들을 묶었습니다."

"묶었다?"

"심(心), 검(劍), 마(魔). 마는 힘을 생성하는 것이고, 검은 힘을 쓰는 것이고, 마음은 그 중심에서 그 둘을 붙잡고 있는 것입니다. 심기체에서 말하는 심과는 다른 의미입니다."

"내공, 외공, 그리고 심공이군."

"그렇습니다."

"그것의 합일을 통해서 입신을 노렸나?"

"예."

"모순이군."

"무엇이 말입니까?"

"자네는 아까 전에 입신의 완성은 내공으로 이루는 것이라 하지 않았나? 한데 왜 내공과 외공 그리고 심공을 모두 합쳐 입신을 이루려고 해?"

"……."

피월려의 입술이 살포시 벌려졌다.

돈사하가 숨을 내뱉으며 말했다.

"입신은 무공의 완성이 아니야……."

머리가 맑아진 피월려가 그 말을 이었다.

"그저… 내공의 완성일 뿐입니다."

"고맙네, 확신을 줘서."

돈사하는 눈을 감았다.

심상치 않는 분위기를 읽은 피월려가 다급히 말했다.

워낙 급히 말하느라 그의 엉덩이가 들렸다.

"자칫 잘못하면……."

눈을 감은 돈사하가 냉담하게 말했다.

"죽겠지. 수라가 되거나."

"……."

돈사하가 서서히 눈을 떴다.

"그러고 보니, 본좌가 너무 마음이 앞서서 원려 생각을 못하고 본좌 생각만 했어. 아직 애들이 올 시간이 아니니, 데리러 오라고 할까?"

피월려가 말했다.

"깨달음에 드시기 전에… 좀 더 무학을 나누시지요."

"설마. 월려가 오늘 처음 본 본좌 생각을 하는 거야?"

"반 시진 후에 오라고 했으니, 시간은 더 남았을 겁니다. 그때까진 좀 더 확실히 하는 것이 좋지 않겠습니까? 어차피 목숨을 거는 것이니, 일각을 더 지체한다고 얼마나 달라지겠습니까?"

피월려의 말을 들은 돈사하가 고개를 반쯤 숙이며 웃었다.

"껄껄껄. 그래. 그러지."

"……."

"월려는 본좌가 얼마나 오랫동안 기다렸는지 모를 거야. 당장에라도 입신을 시도하고 싶지만, 본좌가 참겠어. 그래, 어느 부분을 더 나누고 싶은가?"

"입신에 오르시게 되면… 진정한 반박귀진에 이르는 것이라 보십니까?"

"응."

"그럼 다른 것은 어떻습니까? 금강불괴나, 반로환동이나… 입신의 고수들에게서 나타나는 현상들 말입니다. 그런 것도 함께 따라온다고 보십니까?"

"이론상으로는. 내공은 신체 능력이 전반적으로 상승하는 것이니 입신에 오르면 신체 능력이 극에 달하는 현상들이 자연스레 생기겠지. 정확한 것은 입신에 들어봐야 알 것 같은데."

"가주님과 제가 말한 것처럼, 다른 입신의 고수들은 완벽한 반박귀진을 이루지 못했습니다. 그리고 제가 아는 한 태룡마검에겐 반로환동이 일어나지 않았습니다. 즉 어떤 부분에서는 그들도 완벽하지 않은 것입니다."

"그래서 입신의 고수에게 일어나야만 하는 그 현상들이 전부 일어나지 않으면, 불완전한 입신이라 생각해?"

"그런 것은 아닙니다. 다만……."

"다만?"

"완벽이라 할 수 있는 입신에도 개성이 있다는 것… 그것을 아직 해결하지 못했습니다만, 가주님과의 대화를 통해서 그 부분을 해결할 수 있을 것 같습니다."

"글쎄… 간단하게 생각하면 되지 않을까?"

"어떻게 말입니까?"

"외공을 생각해 봐. 검에 조예가 깊다고 갑자기 창을 쓸 수 있는 건 아니지. 하지만 범인보다야 검객이 창을 잘 배우지 않겠어? 어쨌든 검술을 익히면서 신체의 근육과 뼈가 범인보다는 좋을 테니끼 말이야."

"예······."

"내공도 그런 거야. 외공에 검과 창처럼 다른 무기들이 있다면, 내공에는 다른 신체 능력이 있지. 상처를 회복하는 것이나, 사물의 진위를 파악하는 감각이나, 노화를 막는 것이나··· 내가 익힌 암공은 내 존재감을 사라지게 하는 것인데, 이것을 위해서 나는 기본적으로 기(氣)를 수련해야 해. 그리고 그 기는 다른 신체 능력에도 쉽게 적용할 수 있지."

"흐음······."

"반로환동. 금강불괴. 반박귀진. 만독불침. 환골탈태··· 중원의 모든 내공은 이들 중 한 개 혹은 여러 개를 목표로 하지. 그리고 그 완성을 위해선 대우주와 소우주의 합일로 무한한 내력이 필요한 거야. 하지만 그렇다고 자기가 익히지 않은 다른 분야가 저절로 이뤄지진 않겠지. 물론 쉬워질 거야."

"외공에 빗대어 생각하면 어떻습니까?"

"아까도 말했지만, 월려가 검술을 극도로 익혀서 무한한 체력이 있다고 해봐. 그렇다고 창술이나 권법에 조예가 생기는 건 아니지. 하지만 웬만한 창술가나 권법사보다 창술과 권법에 능할걸? 기본 조건이 너무 다르잖아?"

피월려는 그 부분에 대해서 돈사하가 말하려는 것을 이해했다.

하지만 피월려는 진파진을 떠올리며 다른 의문을 제기했다.

"제가 본 바로는 황룡검주는 고된 싸움 중에 지쳤습니다. 검기를 뿌리듯 검강을 뿌리면서… 정말 무한한 내력을 쓰긴 했습니다만, 분명 지쳤습니다. 그 부분은 어떻게 생각하십니까?"

돈사하는 깊은 숨을 들이마셨다 내뱉으며 천천히 눈을 감았다.

"흠, 과연 입신의 고수도 지치는가?"

"……"

"지치는 것이 무엇인지 한번 생각해 보지. 지친다, 지친다,"

돈사하는 끊임없이 같은 말을 되새겼다 이내 조용한 목소리로 말을 이었다.

"사람이 지치면 호흡이 가빠오지. 숨이 모자라서 그러는 거야."

돈사하의 말은 스스로에게 하는 말이기도 했지만, 피월려에게도 하는 말이었다. 피월려도 돈사하의 물음에 집중하여 답을 찾아보기로 했다.

피월려가 말했다.

"그리고 휴식을 취하면, 호흡이 진정되면서 다시 정상으로 돌아옵니다. 이는 사람이 힘을 내는 데 있어 호흡이 필요하기 때문입니다. 호흡 속에는 힘이 있습니다. 아니, 더 정확하게 말하면 내기 속에 힘이 있습니다."

"호흡은 대기(大氣)를 폐로 흡수하고 몸의 탁기를 밖으로 내보내는 행위. 하지만 단순한 호흡은 매우 비효율적인 방법이기 때문에, 생사혈전과 같은 싸움 중에는 그것만으로 턱없이 모자라지."

"때문에 무림인은 제대로 된 토납법으로 폐에 담긴 대기를 효율적으로 흡수하고 탁기를 몰아냅니다. 하지만 그렇게 흡수한 대기는 너무나 거칠기에 다루기 어렵습니다. 이를 몸에 알맞게 바꾼 것이 바로 내력이며 이 내력을 전신에 전달하기 위해 기혈을 만들고 닦는 것이 바로 내공입니다."

"그러한 내공을 통해서 무림인은 더 이상 지치지가 않아. 호흡과는 격이 다른 방법인 내공을 통해서 대자연의 기운을 받아들이니까. 범인들은 정말 상상할 수조차 없는 체력을 가지게 되지."

"하지만 지칩니다."

"왜 그럴까?"

"그만큼 쓰는 힘 또한 격이 다르기 때문입니다. 내력을 사용하는 신법을 펼치고 검공을 펼치기 시작하면, 무림인도 지칠 수밖에 없습니다."

돈사하가 눈을 뜨며 인자하게 미소 지었다.

"호흡하는 사람에겐 내공을 익힌 사람이 신처럼 보이지. 하지만 내공을 익힌 사람도 쓰는 힘의 정도가 격이 다르다면 지쳐. 그렇다면… 내공이 아니라, 대우주와 소우주의 합일을 통해서 대자연의 기운을 그대로 가져다 쓰는 입신의 고수들도… 보통 무림인과 쓰는 힘의 정도가 격이 다르다면 충분히 지칠 수 있지."

피월려는 허탈한 듯 숨을 턱 하고 내쉬었다.

"강기(罡氣)… 검강(劍罡)을 쓰다 보면 입신도 지치는 것입니까?"

"강기는 대자연에도 없는 거야. 정신과 마음을 기반으로 인위적인 응축을 통해 생성되는 것이지. 대자연의 기운보다 더욱 강력한 것. 그러니 대자연과 하나가 되어 무한한 내력을 뽑아낼 수 있다고 해도, 강기를 남발하면 내력이 부족해지는 것은 당연한 것 아니겠나?"

"마치 무림인이 그저 팔다리를 움직이는 때는 지치지 않지만, 내력을 사용하는 검공을 펼칠 때는 지치는 것처럼 말입니까?"

"기운이 부족하다는 건 곧 지치는 것."

피월려가 물었다.

"그렇다면 입신과 무림인의 차이는 무림인과 범인의 차이와 본질적으로 동일하다는 겁니까?"

"응."

"……."

"간단하지?"

"예. 허무할 정도로."

"월려가 너무 어렵게 생각하는 거야."

"……."

"무(武)란 힘을 사용하는 것이야. 근력으론 한계에 부딪쳐서 지칠 때 내력의 힘을 빌리면 지치지 않아. 하지만 그 내력을 사용하기 시작하면 또다시 지치기 시작하지. 그런 거야."

피월려는 그가 과거에 정립했던 무학을 중얼거렸다.

"체술(體術), 기공(氣功) 그리고 심공(心功)……."

돈사하가 물었다.

"과연 심공(心功)일까?"

피월려는 고개를 마구 저으며 나지오의 깨달음을 기억했다.

"아닙니다."

"그럼?"

"법(法). 심법(心法)입니다."

"그럼 검술(劍術), 검공(劍功), 검법(劍法)은 어떤가?"

"검술은 몸을 써 검을 다루는 것이고, 검공은 기를 써 검을 다루는 것이고, 검법은 마음을 써 검을 다루는 것입니다. 이에 요구되는 것은 근력(筋力), 내력(內力) 그리고……."

"심력(心力)!"

돈사하의 외침에, 피월려는 울음을 터뜨리는 아이처럼 그 턱을 파르르 떨었다.

법(法)!

법(法)을 오해했다!

법(法)은……

몸을 다스리는 것이 아니다.

기를 다스리는 것도 아니다.

바로 마음을 다스리는 것!

그가 격한 감정이 담긴 목소리로 말했다.

"구파일방 같은 대문파의 검술을 왜 검법이라 부르는지 알 겠습니다. 그것을 창시한 자들이 입신의 고수였기 때문입니 다. 구파일방 정도 되는 대문파의 검법은, 그 속에 검술이 있 을 뿐 아니라 검공도 있으며 그를 넘어선 검법까지 있습니다. 몸으로 검을 움직이는 것뿐만 아니라 기로 하는 넘어서 마음 으로 하는 것까지… 그 정도의 심득이 담겨 있기에 검법인 것 입니다."

"그래서 구파일방의 고수들은 그 검법을 제대로 익히기만 하더라도, 강기까지 절로 뿜어낼 수 있는 것이지. 그걸 잊은 후대에서 검법을 검공 아래로 두고 검공으로 이름을 고쳤지 만, 실상은 퇴화한 것이야."

"그렇다면 강기란 내공에서 나오는 것이 아니라 심법에서

부터 나오는 것입니까?"

"본좌도 그렇게 깨달았다. 내공을 통해 모은 내력을 심법으로 집약한 것이 바로 강기라고 할 수 있겠어. 하지만 내공이 없이는 불가하다. 기가 없는데 마음을 어찌 담을까!"

"기 또한 그렇습니다. 아무리 내력이 많다 한들, 그것을 뿜어내는 몸이 없다면 없는 것과 매한가지. 그것과 동일하게 아무리 심력이 많다 한들, 그것을 쓰는 내력이 없다면 없는 것과 매한가지입니다."

"체 위에 기가 있고, 기 위에 심이 있다. 검법 속에 검공이 있고, 검공 속에 검술이 있어."

"내력이 무한한 입신도 지치는 이유를 알 것 같습니다."

"말해봐."

"마음이 지치는 것입니다. 입신의 고수란 무한한 내력을 가진 존재이지만, 무한한 심력을 가진 존재는 아닙니다. 심력을 수련하는 자입니다."

"즉 우리가 흔히 말하는 입신(入神)의 경지는 완벽한 신(神)의 경지가 아니다."

피월려는 단언했다.

"그저… 반선지경(半仙之境)!"

돈사하가 깊은 숨을 한번 내쉬더니 지금까지 보여줬던 온화한 모습과는 전혀 다른, 차갑고 냉정한 어투로 말했다.

"더는 참을 수 없어. 밖에 아이들이 도착했으니, 자리를 비 워라."

피월려는 메마른 두 손을 가슴 위로 올려 포권을 취했다.

"가르침에… 감사드립니다."

"가르침은 무슨. 서로 교환한 거야."

툭하니 말한 돈사하는 아랑곳하지 않고 무아지경에 빠져들 었다.

피월려는 외쳤다.

"원설. 부탁하오."

밖에서 그의 말을 들은 원설은 방문을 열고 안으로 들어왔 다.

그리고 그대로 선 채 미동조차 하지 못했다.

피월려가 물었다.

"왜 그러시오?"

"어, 어르신께서……."

"무아지경에 드셨소."

"아, 아니, 그것이 아니라… 대주께선, 모르겠군요. 아무런 기운도 느껴지질 않으시니."

"무슨 뜻이오?"

마음을 다스린 원설은 방 안으로 들어와 피월려를 부축하 며 말했다.

"공중부양을 하고 계십니다, 대주님의 앞에서. 가부좌를 켜신 채로 2척 정도 떠오르셨습니다. 조금도 방해하면 안 될 것 같습니다."

"……."

피월려는 그녀의 도움을 받아 조심히 밖으로 나왔다.

그가 문을 닫으며 말했다.

"암공의 정점에 계신 분이오. 성공하신다면 입신에 드실 수도 있소. 내가 듣기론 전에 말존대주셨다고 들었소."

원설의 눈초리가 좁아졌다.

"천살성은 말존대에 입대할 수 없습니다. 체질상 자연스레 새어 나오는 살기를 어찌 할 수가 없기 때문입니다."

"아. 천살성이 되기 전이라 했소."

피월려의 말을 들은 원설이 아미를 찌푸렸다. 그녀는 큰 두 눈동자를 이리저리 굴리며 중얼거렸다.

"그러고 보면 이상하긴 합니다. 천살성이신데 암공에 저런 성취를 얻으시다니. 천살성은 천살가 특유의 마공을 익히지 않습니까?"

원설의 질문은 멀찌감치 서 있던 기시혼을 향한 것이었다.

기시혼은 팔짱을 끼며 말했다.

"가족이 아닌 자에게 천살가의 것을 말할 수 없소, 원 소저."

원설의 눈이 더욱 날카로워졌다.

"원 단주입니다, 기 공자. 본인께서 직책이 없다고 다른 이까지 그리 생각하진 마시죠."

"허… 아까부터 생각한 것인데, 참으로 혀가 날카롭소. 덕분에 반 시진이 지루하진 않았소만."

원설이 기시혼을 무시하고 피월려에게 말했다.

"본부로 가시는 겁니까?"

피월려의 표정이 살짝 굳었다.

"그 부분에 대해선 어르신께서 아무런 말씀이 없으셨소. 아마 무아지경에서 깨어나셔야 말할 수 있을 것 같은데, 그때까지 기다려 주실 수 있소?"

"……."

원설을 대신해서 기시혼이 말했다.

"남궁세가에 선물은 누가 전달한다고 하셨습니까?"

"무에 대한 이야기 외에는 대화하지 않았소."

"……."

꿀 먹은 벙어리처럼 말이 없어진 기시혼과 원설이 서로를 보았다가, 동시에 피월려를 돌아보며 말했다.

"그럼 어쩌실 생각이십니까?"

"그럼 어떻게 하겠소?"

피월려는 어깨를 들썩였다.

"내일 물어봅시다. 일단은 만나고 싶은 사람이 있소."

                    *   *   *

상록거수에 다녀와 주소록을 확인한 기시흔이 길을 안내했다.

"이쪽이오, 피 형. 산세가 조금 험하니 업히는 것이 좋을 것 같소만."

기시흔이 등이 보이려는데 피월려 옆에 있던 원설이 먼저 무릎을 꿇었다.

"제가 업겠습니다. 길 안내를 해주십시오."

"정 그렇다면."

기시흔은 경공을 펼쳐 움직이기 시작했고, 원설은 피월려를 등에 업고 그를 따라갔다.

바위 위와 나무 사이를 누비는 그들은 지면을 한 번도 밟지 않고, 산속을 질주했다. 그러면서 점차 고도가 높아졌는데, 그렇게 한 식경을 달려 그들이 도착한 곳은 널찍한 산봉우리 위였다.

그곳에는 가옥이 한 채가 있었다. 토루(土樓)라고 불리는 것으로 전체적으로 둥그렇고 정중앙이 뚫려 있는 형태였다. 높은 흙벽과 널찍한 기와로 지붕을 막아 최소한의 햇빛만이 집 안으로 스며드는 특징을 가졌는데, 강렬한 햇빛을 피하려는 남쪽의 전통 가옥이었다. 그것은 오래전 남쪽 출신의 천살성이 천살가에 남긴 흔적이었다.

높은 곳이기에 대기의 농도가 낮아, 피월려가 잘 호흡하지 못했다. 이에 원설이 그에게 진기를 나누어주며 그 호흡을 도왔다.

그의 상태가 어느 정도 호전되자 토루의 대문에 선 기시혼이 큰 소리로 외쳤다.

"주 형. 계시오?"

조금의 시간이 흐른 후, 대문이 열리고 주소군이 나왔다.

주소군은 마공을 잃어버렸음에도, 더욱 건장해진 것 같았다. 전에는 정말 아름다운 미녀처럼 보였는데, 지금은 남성의 체격을 어느 정도 갖추고 멋들어진 수염까지도 기르고 있었다.

그러나 역시 천성적으로 가진 미모를 가릴 순 없었는지, 그를 보곤 재빨리 시선을 돌려 버린 원설의 얼굴에 붉은 홍조가 떠올랐다.

주소군이 물었다.

"기 형? 언제 가문에 도착하셨어요?"

"오늘 아침이었소. 잘 지내셨소?"

주소군은 기시혼 뒤쪽에 서 있던 원설과 피월려를 보며 물었다.

"항상 그대로죠. 뒤에 계신 분들은?"

원설이 피월려를 내려주고 포권을 취했다.

"말존대 단주 원설입니다."

피월려는 희미한 미소를 지으며 말했다.

"오랜만이오, 주 형. 오랜만에 얼굴을 보았으면 하지만 참으로 아쉽게 되었소."

처음에는 주소군의 눈초리가 좁아지며 그 눈빛에 의아함이 가득했다.

하지만 그 눈초리가 커져 보름달처럼 변하기까진 오랜 시간이 걸리지 않았다.

주소군은 말을 하려고 입을 벌렸지만, 날숨밖에 나오지 않았다.

다시 말하기 위해서, 그는 숨을 또 한 번 더 마셔야 했다.

"피… 피 형?"

물음이었으나, 끝 음이 올라가지 않았다.

아니, 떨림 때문에 올라가지 못한 것이다.

피월려가 따뜻한 미소를 지으며 말했다.

"일 년 반 만이오."

주소군은 몇 번이고 눈을 깜박이며 말없이 피월려를 응시했다.

곧 그는 대문에서 나와 피월려에게 다가왔다.

바람에 흔들리는 듯한 걸음이었다.

"그, 그 모습은⋯⋯."

"뭐, 수명을 바쳐 마공을 무리해서 익힌 결과 아니겠소?"

주소군은 양손으로 피월려의 어깨를 잡았다. 살도 근육도 없는 앙상한 뼈만이 느껴졌다.

그는 피월려의 감긴 눈을 보았다. 눈꺼풀은 움푹 안으로 들어가 있었고, 주변의 얼굴뼈가 살짝 무너져 있었다.

그 안에 마땅히 있어야 할 것이 없는 것이다.

"눈이 보이지 않나요?"

"그렇소."

"안구를 통째로⋯ 잃으셨군요."

"뭐, 그렇게 되었소."

"⋯⋯."

"주 형은 어떻소? 몸은 많이 회복했소?"

주소군은 말없이 고개를 끄덕였다.

하지만 피월려는 그것을 보지 못했고, 주소군도 미처 그 사실을 자각하지 못했다.

주소군은 어깨에 올린 손을 통해 작게 떨리는 피월려의 몸을 느낄 수 있었다.

그가 밀렸다.

"고도가 높아 춥죠? 일단 안으로 들어가요. 내원에 불을 지펴놓아서 집 안이 더울 지경이니, 몸을 녹이는 데 괜찮을 거예요. 다른 분들도 들어오세요."

주소군은 피월려를 부축해서 먼저 안으로 들어갔다.

대문 안으로 그들이 들어가는 것을 본 기시혼이 막 걸음을 옮기려던 원설에게 물었다.

"둘이 잘 아는 사이오?"

원설은 차갑게 대꾸했다.

"저도 잘 모릅니다. 다만 피 대주께서 처음 낙양지부를 통해 입교했을 때부터 알던 사이라는 것만 압니다. 그리고……."

"그리고?"

"같은 연배보다 너무나 앞서 나갔던 주 공자는 무공 교환을 하지 않는 것으로 유명했었습니다. 아니, 하지 못했었습니다. 그런 그가 처음 입교한 피 대원에게 자신의 본신절기인 자설검공을 알려주었다고 합니다. 그 정도라면 각별한 사이였던 것 같습니다."

기시혼은 못마땅하다는 듯 팔짱을 꼈다.

"흠. 그러니 마공을 잃었지. 교류를 꺼리는 교만한 마음으로 인해 저리 된 것일 것이오."

원설은 차갑게 돌아서며 말을 남겼다.

"질투 또한 교만과 다를 바 없습니다."

"무, 무슨 뜻이오?"

원설은 기시혼의 물음을 무시하곤 대문 안으로 들어가 버렸다.

*   *   *

토루의 중앙에는 사람의 크기만큼 큰 불길이 하늘 높이 치솟아 오르고 있었다. 연기는 뻥 뚫린 하늘로 올라가지만 그것에서 발생되는 열기는 집 안에 감돌며 밖의 한기를 몰아내고 있었다.

피월려는 탁탁거리는 소리를 내며 타오르는 장작을 바라보고 있었다. 아니, 적어도 원설은 그렇게 생각했다. 그는 주소군이 다과와 술상을 내온다고 사라진 뒤로부터, 돌로 된 계단에 걸터앉은 채 하염없이 불길만을 바라보고 있는 듯했다.

그것을 기시혼도 느꼈는지, 그가 원설에게 전음으로 말했다.

[원 소저… 아니, 원 단주가 보기에는 어떻소?]

원설은 귀찮은 듯 한쪽 볼을 씰룩거렸지만, 반대쪽에 있던 기시혼은 그것을 보지 못했다.

원설이 똑같이 전음을 보냈다.

[뭐가 말입니까?]

기시혼이 피월려를 턱으로 가리켰다.

[피 형 말이오. 정말로 천살성인 것 같소?]

[그걸 제가 어찌 압니까? 천살성인 본인이 더 잘 아시겠지요.]

[뭐, 그야 그렇지만, 천살성이 아닌 사람의 눈에는 어떻게 비춰지는지 궁금해서 그렇소.]

원설은 코웃음을 치며 대답했다.

[그렇게 따지면 기 공자도 딱히 천살성으로 보이진 않습니다. 그런 말 자주 듣지 않으십니까?]

[출신 때문이오.]

[출신?]

[머리를 쓰는 집안 출신이라, 천살성이 되고도 천성에 그리 좌지우지되지 않소.]

[그렇습니까? 하기야 천살성은 이것저것 재지 않는 걸로 유명하지 않습니까? 하지만 기 공자를 보면 그런 것 같진 않더군요. 그런 관점에서 보면 피 대주도 천살성처럼 보이진 않더라도 충분히 천살성일 수 있습니다.]

피월려를 바라보는 기시혼의 눈빛이 사뭇 가라앉았다.

[하지만 한 가지 마음에 걸리는 것이 있소.]

[뭡니까?]

[나는 단 한 번도 그에게서 살기를 느낀 적이 없소.]

[⋯⋯.]

[역혈지체에서 마기가 새어 나오는 것처럼 천살성에선 살기가 새어 나와야 하는 법이오. 하지만 그에게선 일말의 살기도 느낀 적이 없으니, 천살성이라 생각하기 어렵소.]

그때 피월려가 고개를 서서히 돌려 기시혼을 보았다.

"무슨 말씀을 나누시는지 모르겠지만, 부탁하건대 살기를 거둬주시오, 기 형."

순간 기시혼은 실수했다는 걸 깨닫고는 자기도 모르게 포권을 취했다.

"하, 살기를 억누른다는 것이 조금 새어 나간 듯하오. 미안하게 되었소, 피 형."

피월려는 알았다는 듯 고개를 한번 끄덕이고는 불길로 얼굴을 향했다.

그런 그를 보며 이번엔 원설이 먼저 기시혼에게 전음을 보냈다.

[피 대주께 살심을 품으셨습니까?]

기시혼이 대답했다.

[나도 모르게 그런 듯하오.]

[전⋯ 느끼지 못했습니다만. 제가 느끼지 못한 살기를 피 대주께서 느꼈다는 겁니까?]

[천실성은 살기에 예민하오. 밖으로 전혀 표출되지 않아도

귀신처럼 알아차리지. 그저 속에 품고만 있어도 말이오. 천살성이 거짓을 간파하는 것도 그런 예민함에 기인하오.]

기시혼은 천살성에 대해서 말해줄 수 없다는 것치곤 꽤 많은 정보를 흘렸다.

원설은 그가 보이지 않게 한쪽 입꼬리를 올리면서 물었다.

[그럼 그걸 보면, 피 대주도 천살성임이 확실하지 않습니까?]

[그렇긴 하지만… 천살성이 살기를 품지 않는 건 본 적이 없소.]

원설은 그녀에게 소소한 충격을 주었던 대마인을 떠올렸다.

[천살가 가주에게도 살기가 느껴지지 않았습니다. 뭐, 살기가 아니라 존재감 자체가 없었던 것이지만.]

기시혼의 눈가가 파르르 떨렸다.

[그렇다면 피 형이 가주의 경지와 비슷하다는 것이오? 무공을 잃었잖소?]

[심공 면에서는 그런 것 아니겠습니까?]

[……]

원설은 자기도 모르게 피월려의 눈치를 살피더니 전음을 보냈다.

[사실 몇 번이나 위화감을 느꼈습니다.]

[그가 장님이 아닌 것 같은 위화감 말이오?]

어떤 위화감을 말하는지 단번에 알아맞히는 것을 보면 기시흔도 그것을 많이 느꼈던 것이다.

원설이 말했다.

[기 공자도 느끼셨습니까?]

[지금도 그렇소. 저 불길을 바라보고 있는 것 같지 않소?]

[확실히.]

[한번 시험해 보고 싶소.]

[시험이라면······.]

기시흔은 자리에서 일어났다. 그리고 서서히 피월려에게 다가가는데, 그때마침 주소군이 다과와 술상을 들고 나타났다.

"기묘한 분위기네요."

"······."

"······."

"······."

주소군은 살포시 웃으며 말을 이었다.

"불길을 마음에 들어 하시는 것 같은데, 여기 있을까요? 안이라고 더 따뜻한 건 아니라서······."

피월려가 주소군의 말이 들린 쪽으로 고개를 돌리며 말했다.

"여기서 이야기하도록 합시다. 따스한 빛 가운데로 가끔씩 찬바람이 들르는 게 마음에 드오."

주소군은 피월려의 옆으로 다가가며 말했다.

"피 형이 그렇다면… 그런데 다른 분들도 오늘은 계속 여기 머무르실 생각이신가요? 그렇다면 물을 받아놓으려고 하는데……."

원설이 먼저 대답했다.

"교주명을 수행하기 위해서라도 전 피 대주와 떨어질 수 없습니다."

그러자 기시흔이 이어서 대답했다.

"나 또한 별다른 일이 없으니, 두 분이 괜찮으시다면 있고 싶소."

주소군은 빙그레 웃으며 말했다.

"안 괜찮아요."

"……."

기시흔이 꿀 먹은 벙어리처럼 되자, 피월려가 주소군에게 말했다.

"이번 흑백대전과 관련해서 기 형과 이야기하고 싶은 것이 있소, 주 형."

"정 그러시다면. 그 이야기가 끝날 때까진 있어서도 될 것 같네요."

웃음을 그대로 유지한 채 고개를 돌린 그를 보며 원설이 나지막하게 중얼거렸다.

"주 대주께선 여전하십니다."

주소군이 피월려의 손을 잡아다가 떡처럼 보이는 것을 얹어주며 말했다.

"원설이라고 기억하는데 맞나요?"

"맞습니다."

"같이 제이대에서 활동했다고 들었는데, 동생은 잘 지내나요?"

주소군은 주하의 소식을 전혀 모르는 것 같았다.

원설이 대강 아는 것을 이야기했다.

"암령가로 돌아갔다고 들었습니다. 역혈지체를 철소한다는 말을 들었습니다만. 소식을 듣지 못하셨습니까?"

주소군의 미소에 작은 슬픔이 감돌았다.

"본가의 사람들은 전부 그렇지만, 서로 잘 연락을 안 해요. 일이 그렇게 되었군요. 제 동생이 피 형을 각별히 생각하는 줄은 알았지만, 그 정도일 줄은 몰랐어요. 마공을 포기하고 아녀자가 되다니."

순간 당황한 피월려가 말을 더듬으며 되물었다.

"나, 나를 말이오?"

주소군이 고개를 갸웃하며 대답했다.

"몰랐다고 하실 생각이시면 관두세요. 아무리 피 형이라지만 오라비의 입장에서 화가 안 날 수가 없네요."

"……"

"동생의 인생은 동생의 것이니, 동생과 만나거든 직접 매듭을 푸세요. 지금은 저랑 회포를 푸셔야지요. 피 형?"

뽕 하는 소리와 함께 술병의 마개를 연 주소군이 술잔에 술을 따랐다. 자연스레 자리를 옮기려고 일어나던 기시혼은 술상을 보곤 그 자리에 다시 앉을 수밖에 없었다.

그에겐 아쉽게도 술잔이 두 개밖에 없었기 때문이다.

피월려가 눈이 보이지 않는 터라, 첫 술을 건배하기까지도 꽤 오랜 시간이 걸렸다.

둘 다 한 번에 술을 들이켠 뒤, 피월려가 말했다.

"기 형이 아직 오시지 않은 것 같은데, 어서 오시오."

"아, 아니……."

"술잔이 없는 거면 한 명은 술병으로 마시면 되는 것 아니겠소?"

그 말을 들곤 주소군이 자리에서 일어났다.

"차마 생각을 못 했네요. 술잔 하나 가져오죠."

그 말을 들은 기시혼은 벌떡 자리에서 일어났다.

"아니오. 오랜만에 만난 두 분이 술자리를 하는데, 내가 끼어 일에 대해서 말하는 것도 예의가 아닌 듯하오. 생각해 보니 내가 좀 눈치가 없었군. 먼저 가겠소."

피월려가 말했다.

"그러지 마시고 함께하시오."

기시흔이 애써 환하게 웃으며 말했다.

"아니오. 오늘은 이만 가보고, 내일 다시 오겠소. 대신 내일은 나와 날이 새도록 마셔야 하오."

주소군이 그를 보며 말했다.

"오늘로 제가 가진 술이 동날 것 같으니, 그렇게 하려거든 직접 술을 가져오셔야 해요."

"……"

"그럼 살펴가세요."

그대로 고개를 돌리는 주소군.

기시흔은 포권을 모두에게 취하곤 미련 없이 발걸음을 돌렸다.

대문이 닫히는 소리를 들은 피월려가 주소군에게 물었다.

"그가 싫소?"

주소군은 술잔에 술을 따르며 말했다.

"그건 아니지만, 오늘따라 이상하게 눈치가 없긴 했어요."

"하하, 그렇소?"

"그 이유가 뭐라고 생각하세요?"

피월려는 인자한 미소를 띠우며 원설 쪽으로 고개를 돌렸다.

"미녀가 아니라면 저런 남자의 평정심을 어떻게 흔들겠소. 하하하."

주소군도 같이 웃었다.

"후후후."

다만 원설은 웃지 못했다.

"……."

그들이 대화하는 중에 그녀가 소리 없이 움직여 자리를 바꿨음에도 불구하고 피월려의 얼굴은 정확히 원설을 향하고 있었기 때문이다.

"원 소저."

피월려의 부름에 원설이 깜짝 놀랐다.

"예?"

그녀답지 않게 너무나 여성스러운 반응에 주소군도 의외라는 눈빛으로 그녀를 돌아보았다.

자기가 당황했다는 사실 자체에 한 번 더 당황해 버린 원설이 억지로 눈을 강하게 떴다. 그러나 파르르 떨리는 그녀의 손끝을 멈출 수 없어, 뒤로 숨겨야만 했다.

피월려가 말했다.

"눈치가 없는 건 사실 기 형만은 아니오. 하하하."

"……."

"어디로 도망가지 않을 테니, 우리 둘이 담소라도 나눌 수 있게 해주겠소? 도망가고 싶어도 도망갈 수도 없는 노릇 아니오? 여기 주 형도 무공을 잃었으니."

원설은 의심스럽다는 눈초리로 주소군과 피월려를 한 번씩 돌아봤다.

둘 다 마공을 잃어버리고 은퇴한 마인이다.

실제로 그 둘에게서 어떠한 마기도 느낄 수 없다.

당장 원설이 비도를 날리기만 해도 목숨을 부지할 수 없을 것이다.

원설이 말했다.

"제가 알기론 주 공자에게 혹설이란 제자가 있다고 들었습니다. 그녀의 도움을 받아 탈출할 수도 있지 않습니까?"

주소군이 말했다.

"설이는 지금 여기 없고, 산에 있는 음한지동(陰寒之洞)에 있어요. 그러니 안심해도 될 거예요."

"이 집 안을 뒤져야겠습니다. 그걸 허락하신다면, 저도 집 밖에서 지켜볼 용의가 있습니다."

"얼마든지 그렇게 하세요."

원설은 포권을 취하고 휘적휘적 걸어 집 안을 돌아다녔다. 작은 집이었음에도 정말 구석구석 확인하지 않는 곳이 없어, 그녀가 다 도는 데만 한 식경이 걸렸다.

"그럼 약조대로 밖에 있겠습니다."

피월려가 말했다.

"부탁하오."

원설은 잠시 동안 날카로운 눈빛으로 피월려를 노려보다가 곧 어둠에 먹히듯 사라졌다.

주소군은 그 모습을 흥미롭게 지켜보며 중얼거렸다.

"그러고 보니, 어차피 우리에겐 그녀가 어디 있는지 확인할 방법이 없지 않나요? 후후후."

피월려는 다과에 손을 뻗었다.

"확실히 밖으로 나갔소."

주소군은 더욱 흥미롭다는 듯 피월려를 보며 물었다.

"어떻게 아시죠?"

피월려는 아무 다과나 집어 들며 말했다.

"항상 나를 향하던 그 느낌이… 아니, 희미한 살기가 느껴지지 않기 때문이오."

"그런가요? 어떤 느낌이죠?"

피월려는 회상하듯 고개를 살짝 들었다.

"처음에는 그게 살기인지도 몰랐소. 그냥 조금 불편한, 이질적인 느낌이라 생각했지. 하지만 지금은 그것이 정말 미약한 양의 살기라는 걸 확실히 알게 되었소. 살기에 대한 예민함이 귀찮아지는 건, 참 신선한 경험이오."

"후후후. 그런가요? 그럼 하나 묻고 싶은 게 있어요."

"그게 무엇이오?"

주소군은 술잔에 술을 따르며 말했다.

"제게서는 살기가 느껴지시나요?"

"물론이오. 겉으로 전혀 드러나지는 않지만, 사실 세 사람 중 내게 가장 많은 살심(殺心)을 품은 사람은 주 형이오."

"후후후. 역시 그렇군요. 기 형이 이곳에 남으려고 한 것도 그 때문일 수도 있겠네요."

"살심의 연유를 물어도 되겠소?"

주소군은 술을 따른 술잔을 피월려의 손에 쥐어주며 말했다.

"오늘 밤을 망치고 싶지 않아요."

"그럼 나도 모른 체하겠소."

"이야기나 해줘요. 어찌 지냈는지."

피월려는 주소군이 마공을 잃어버리고 은퇴한 시점을 이후로 이런저런 이야기를 해주었다. 그 시점은 나지오와 함께 화산에 갔을 때보다 더 이전이라 피월려는 새삼스레 세월의 속도를 느낄 수 있었다.

그의 이야기가 끝날 줄 모르고 계속되었다.

그동안 정말 너무나 많은 일이 있었기 때문이다.

피월려의 이야기를 끝으로 마지막 술잔을 끝낸 주소군이 자리에서 일어났다.

그는 취기가 도는지 조금 비틀거렸지만, 눈빛만큼은 아직 선명했다

"더 가져올게요. 피 형의 이야기에 비하면 제 이야기는 별거 없어서 지루해하실지 모르겠네요."

피월려가 물었다.

"아까 술이 더 없다고 하지 않았소?"

"깜박한 게 기억났어요."

"……."

"기다리세요."

주소군은 안으로 들어갔다.

그리고 얼마 지나지 않아 나왔는데, 등에 멘 지게에 사람이 들어 갈 만한 술독을 들고 왔다.

쿵하는 소리와 함께 술독을 내원에 내려놓은 주소군은 이마에서 땀을 훔치면서 말했다.

"그런 표정 짓지 마세요. 어차피 오늘 다 마시려고 가지고 나온 것이 아니니까. 어차피 기 형이 오면 또 먹어야 하잖아요."

피월려는 헛웃음을 지었다.

주소군은 술독에서 술병을 담근 뒤, 가져와서 다시 술잔에 따랐다.

조용히 그를 기다리던 피월려가 말했다.

"주 형은 어찌 지냈소?"

주소군이 낮은 어조로 말했다.

"나름 괜찮았어요. 은퇴한 뒤 본가에 갔는데, 생각보다 환영해 주더군요. 솔직히 이젠 쓸모없다고 내칠 줄 알았는데, 아버지 눈에서 눈물이 흐르는 그 끔찍한 광경을 볼 줄은 꿈에도 몰랐어요."

"……"

"문제는 그 이후죠. 이 방면에서 전문가들이 제 몸을 진단했는데, 마공을 완전히 잃어버리고 기혈은 걸레짝이 되었지만, 그래도 다시 시작할 수 없는 수준은 아니라는 결론을 내렸어요. 그러다 보니 이렇게 치료해 보자 저렇게 치료해 보자 하면서 달달 볶는데, 어휴. 설이가 천살가에 정식으로 입적했다는 소식을 듣자마자 이쪽에 있겠다고 통보하고 바로 나와 버렸죠."

"하하하. 아늑한 집에서 나와서 이런 허름한 곳에서 사서 고생을 한 것이오? 무공을 다시 익히기도 포기하고?"

"나름 지내긴 좋았어요. 특히 설이를 가르치는 맛이 일품이죠. 아, 그 아이를 가르쳐 보시지 않으셨나요?"

"조금."

"그럼 그 오성도 알겠군요."

피월려는 흑설과 있었던 짧은 시간을 기억했다.

"나와는 비교도 할 수 없는 수준이었소. 그 나이에 나보다 더 현명해 으니까."

"저도 오성으론 어디 뒤지지 않았어요. 자존심 덩어리인 천공자도 제 오성을 부러워했죠. 그랬던 제 것과 비교해도 그 아이의 오성은 손색이 없어요. 아니, 어떤 면에선 훨씬 뛰어나죠."

"말이 나와서 하는 소리인데, 주 형은 다시 마공을 되찾을 생각이 없소? 가문의 도움이라면 그래도 가능하지 않겠소?"

주소군은 빙그레 웃었지만, 피월려는 그것을 보지 못했다.

"그래서 흑설이를 가르치잖아요."

"그게 무슨……"

"사람이 언제 가장 많이 배우는 줄 아세요?"

"……"

"다른 사람을 가르칠 때에요. 그것도 정말 뛰어난 어린아이를 가르칠 때."

"과연……"

주소군은 눈을 살포시 감았다.

"그 아이의 놀라운 순수함과 끝없는 호기심을 통해서 제가 가진 무학과 지식을 점검할 수 있었죠. 설이는 제가 혹시나 저도 모르게 얼버무리거나 넘어가 버린 부분을 단 하나도 놓치지 않아요. 그 부분을 정확히 물어보고 또 답을 탐구하게 만들죠. 심지어 자기가 답을 줄 때도 있어요."

"그럼 마공은 회복 중인 것이오? 원설에게 들키지 않은 것이 대단하오."

"아직 운기조식을 하진 않았어요. 즉 이론적으로만 심득을 쌓을 뿐, 실질적으론 무공을 익히지 않은 것이죠."

"그렇소? 왜 그렇게 한 것이오?"

주소군은 빈 술잔에 술을 따랐다.

"완성한 뒤, 익히고 싶어요."

피월려의 눈썹이 꿈틀거렸다.

"완성한 뒤 익힌다?"

"자설검공을 12성 대성한 뒤 느낀 것은 바로 그 뒤에 무언가 있다는 것이었죠. 자설검공의 한계만으로는 절대 도달할 수 없는 곳이 있다는 거예요."

"12성은 한계를 넘은 것 아니오?"

"기반이라는 것이 있어요. 제 검공은 자설검공을 기반으로 했죠. 그 기반으론 도저히 넘볼 수 없는 영역을 말하는 거예요. 초월이란 한계를 넘는 것이지만, 기반을 초월할 순 없어요. 그건 그저……."

피월려는 그가 하는 말이 무엇인지 알 것 같았다.

그도 몸소 경험한 것이기 때문이다.

"송두리째 무너지는 것뿐."

"마성에 젖는 것이죠."

"……"

"기억하세요? 전 피 형의 용안심공으로 작은 실마리라도 얻으려 했었는데… 참으로 아쉽게 되었죠."

"지금은 어떻소? 심공을 얻었소?"

"아직은 아니에요. 하지만 제가 만드는 것이 있죠. 마성에 젖었을 때에, 그 기억을 조금씩 되찾고 있어요. 그때의 그것을… 내 것으로 할 수 있다면. 분명 완성했다고 말할 수 있겠지요."

"……."

"그러고 보니, 피 형이야말로 제 생명의 은인이군요. 마성에 젖은 저를 막지 않았다면, 분명 전 다시는 마공을 익힐 수 없는 몸이 되었을 거예요. 정말로 가장 적절한 시기에 피해 없이 막아주었기 때문에, 이렇게 다시 시작할 수 있게 되었어요."

피월려가 말했다.

"평소 자설검공에 대해서 몰랐다거나, 마성에 젖은 지 오랜 시간이 지나지 않았었다면 그 당시의 주 형을 상대하는 것이 불가능했었을 것이오."

"그리고 제가 지마였다는 점도 크죠. 제가 천마여서 수라가 되었다면 아마 상황이 많이 달라졌을 거예요. 후후후."

"하하하."

주소군은 술을 한번 들이켠 뒤 말했다.

"제 이야기는 그게 끝이에요. 여기서 외부와 단절된 채, 설이를 가르치며 시간을 보냈어요."

"그렇군. 그래도 나처럼 완전히 희망이 사라지지 않아 다행이오."

"그런 말을 하는 사람치고는 목소리에 생기가 있군요."

"하하, 그렇소?"

주소군은 의미를 알 수 없는 눈빛으로 피월려를 보았다.

"피 형도 생각이 있죠? 저야… 지마에서 천마로 넘어가려다가 이렇게 된 것이지만, 피 형은 천마에서 입신에 들려다가 그렇게 된 것이잖아요. 그러니 그만큼 잃어야 하는 것도 많았던 것일 뿐, 이대로 무학을 포기했다고 믿겨지지 않아요."

"그래서 내게 살심을 품고 계신 것이오?"

주소군은 다시 빙그레 웃었다.

"부분적으로는 그래요. 나보다 한없이 앞서가 있는 사람에 대한 질투죠. 저는 평생 질투란 걸 느껴본 적이 없어서 그런지 살심으로 대신 나타나는 건 이해해 주세요."

피월려의 얼굴에도 희미한 미소가 그려졌다.

"나는 마공을 잃었소. 검공도 잃었소. 그리고 심공조차 잃었소. 남아 있는 거라곤 이 늙은 몸 하나뿐이오. 이조차도 생명이 다해 이런저런 도움이 없으면 끝나 버릴 몸이오. 이런 내가 주 청보다 한없이 앞서가 있다니, 너무 놀리는 것 아니오?"

주소군이 미소를 유지한 채 말했다.

"천마에 이른 자가 수라가 되고 나서 살아남은 기록은 본교 역사상 전무해요. 모두 죽음을 면치 못했죠."

"……"

"저와는 항상 무학을 논하겠다고 한 거… 아직도 유효하나요?"

피월려는 고개를 끄덕였다.

"물론이오. 심즉동(心卽動)이 없었다면 무단전의 내공도 이해하지 못했을 것이고, 그러면 나는 심검조차 얻지 못했을 것이오. 그런 은혜를 준 주 형과는 어떠한 무공도 교환할 것이오."

"고마워요. 그런데 심즉동이 심검이랑도 상관있었나요?"

주소군에게라면 말할 수 있다.

피월려가 즉시 대답했다.

"심검이란 무형검의 강기충검이오. 무형검강을 뽑아 그것을 검신에 붙잡아 두는 것이지. 내 마음대로 기가 알아서 움직이는 심즉동의 깨달음 없이는 불가능했을 것이오."

주소군은 충격을 받았는지 한동안 말이 없었다.

그는 조용히 술잔에 술을 따르고 피월려의 손에 쥐어준 뒤한 번에 들이켰다.

그가 말했다.

"혹 심검은 내력을 소모했나요?"

피월려는 마음이 철렁하는 것을 느꼈다.

그가 해결하지 못했던 의문을 주소군이 바로 짚었기 때문이다.

"아니. 소모하지 않았소."

"역시……."

말끝을 흐리는 주소군은 답을 아는 것이 분명했다.

피월려는 오랜만에 다급한 심정을 느꼈다.

"그 이유를 알려주실 수 있겠소?"

주소군은 잠시 하늘을 보았다.

이미 완전히 캄캄한 밤이 되어 달빛와 별빛만이 검은 하늘을 조금 밝혀줄 뿐이었다.

결심이 선 주소군이 말했다.

"제 내공의 이름을 아시나요?"

피월려는 기억하려 했지만, 떠오르는 것이 없었다.

"무단전의 내공이라는 건 알지만, 그 이름은 모르오. 이름을 알려준 적은 없던 것 같은데……."

"그야, 이름을 말하면 그 비밀을 말하는 것이니까요."

"비밀이라 하면?"

"자설귀검공이라고 해요. 혹은 자설귀마공이라고도 할 수 있죠."

피월려의 입이 서서히 벌어졌다.

"아, 혹시 그건 내공과 검공을……."

"둘을 합친 내외공(內外功)이죠."

내외공!

전신을 관통하는 찌르르한 깨달음.

피월려는 진파진의 말이 떠올랐다.

내외공이 무관하며 무한하다.

단순히 내공이 무한한 것이 아니다.

내외공이 무관해야 한다.

피월려가 낮은 음조로 독백했다.

"내공과 외공을 하나로 한 것… 기를 흡수하는 것과 사용하는 것을 동시에 하기에 기의 흐름이 무한하며 시작도 없고 끝도 없다… 그러니 소모 또한… 없다!"

그 외침에 반응하듯 주소군이 대답했다.

"심즉동이 무단전의 내공을 기반으로 하는 것은 맞아요. 하지만 그보다 더 나아가서 내공과 외공이 합친 것이죠."

"그럼 심검이 내력을 소모하지 않는 이유가 기를 흡수하면서 동시에 사용하기 때문이라는 것이오?"

"다만 엄청난 심력을 소모하죠. 그래서 전 심력을 수련할 수 있는 좋은 심공이 필요했던 것이고요. 기억나세요?"

"기억나오. 주 형은 분명 용안심공을 익히려 했었소. 용안이 없어 익히지 못했지만. 흐음. 과연 그런 것이었군! 주 형께 또 한 번 은혜를 입소. 기를 흡수하며 동시에 사용한다라……."

주소군은 한껏 들뜬 피월려를 보곤 날카롭게 지적했다.

"한 가지 이상한 점이 있어요. 극양혈마공의 내력이 분명이 있을 텐데, 그것의 영향으로부터 완전히 자유로울 수는……."

바로 답이 떠오른 피월려가 흥분을 감추지 못하고 주소군의 말을 잘랐다.

"마공을 운용할 땐 심검을 제대로 쓸 수 없었소. 마공이 기승을 부리면 부릴수록 더. 단지 심공이 영향을 받아서 그렇게 된다고 생각했었는데……. 그 정확한 이유가 내외공의 합일에 있는지는 몰랐소."

"아……."

"그렇군. 그랬었군. 그랬었어. 심검에는… 그런 묘리가 있었어……."

허탈한 목소리로 중얼거리는 피월려를 보며, 주소군이 사과했다.

"의도하지 않았지만… 정말 제 책임이 아니라 할 수 없군요. 제가 조금도 숨기지 않았다면 그렇게 되지 않으셨을 텐데……."

피월려는 고개를 몇 번이고 흔들었다.

"아니오. 아니오. 그렇게 생각하지 마시오. 애초에 주 형이 마성에 젖은 것도 나와 무학을 교환하다 무리했기 때문 아니오? 그러니 그 점에선 서로에게 미안해할 것이 못 되오."

"……."

"그보다, 이렇게 된 지금, 내게 얻고 싶은 것이 무엇이오?"

모든 것을 고백한 주소군에게 더 이상 꺼릴 것이 없었다.

"금강부동심법을 알려줘요. 마에서 벗어난 지금은 그것을 들어도 악영향이 없으니까요."

그 말을 듣는 순간 피월려의 두 눈꺼풀이 갑자기 열렸다.

마치 두 눈을 뜨고 무언가를 뚫어지게 바라보는 것 같지만 눈 속에는 역시 아무것도 없었다.

그 괴이한 모습에 주소군이 당황하여 팔을 피월려의 어깨에 가져가 흔들었다. 하지만 피월려는 죽은 듯 미동조차 하지 않았다.

"괘, 괜찮으세요?"

피월려는 작디작은 목소리로 말했다.

"심법… 심공이 아니라 심법… 기반이, 기반이 잘못되었다……."

"피 형?"

피월려가 고개를 들어 주소군을 보았다.

"용안심공이 아니오."

"예?"

"용안심법이오."

"……."

황당한 표정을 한 주소군의 얼굴을 뒤로하고 피월려의 두 눈꺼풀이 굳게 감겼다.

한동안 피월려를 노려보던 주소군이 이내 한숨을 쉬며 자리에서 일어났다. 그는 축 처진 어깨로 장작 몇 개를 가져와 죽어가는 불을 키워놓았다.

"여전하시네요. 일어나면 심법에 대해서 무조건 들을 거예요."

툭하니 말을 내뱉은 주소군이 곧 힘없이 그의 처소로 들어갔다.

제일백장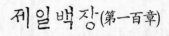(第一百章)

혈적현이 이(理)와 기(氣)에 대해서 이르길.

하늘이 있으면, 하늘의 기운이 있고 또한 하늘의 원리가 있다.

천(天). 천기(天氣). 천리(天理).

땅이 있으면, 땅의 기운이 있고, 또한 땅의 원리가 있다.

지(地). 지기(地氣). 지리(地理).

검(劍)이 있다면, 그보다 근본인 검기(劍氣)가 있고, 또 그보다 근본인 검리(劍理)가 있다.

사람도 그러하다.

사람에겐 육체(肉體)가 있고 그것을 움직이는 진기(眞氣)가 있고 또 그보다 근본인 심상(心想)이 있다.

강기(罡氣)란 단순히 내공을 집약하는 것이 아니다.

마음으로 집약하는 것이다.

때문에 그 심상에 담긴 이(理)가 드러난다.

그래서.

진정으로 매화검법을 휘두르면 '실제로' 매화가 꽃 피우고.

진정으로 황룡환세검법을 휘두르면 '실제로' 황룡이 강림하며.

진정으로 자설검법을 휘두르면 '실제로' 보랏빛 눈이 내리고.

진정으로 유풍검법을 휘두르면 '실제로' 대기가 분다.

불완벽한 검강(劍罡)은 마음을 온전히 담지 못한 채 검기를 집약시킨 것일 뿐.

따라서 심상에 떠오르는 형태를 갖추지 못한다.

완전히 마음을 담아 형태를 갖추게 되면 그것이야말로 검강, 아니, 검리(劍理)라 해야 할 것이다.

그것이야말로 진정한 의미에서 완성된 검강인 것이다.

그렇다면 용안심공 또한 용안심법이어야 하지 않는가?

추상적으로 본질을 이해하는 백도의 공부라면 용어에 그리 큰 신경을 쓸 필요가 없다. 돌을 돌이라 부르든 나무라 부르든 그 단어만 달라진 것이고, 돌이 돌이라는 것에는 아무런 변화가 없기 때문이다, 그러니, 금강부동심법이든 금강부동심공이든 무슨 차이가 있겠는가?

하지만 흑도의 공부에선 용어가 너무나 중요하다. 용어 하나하나 의미를 무를 추구하는 자 스스로가 부여하기에, 이름을 잘못 붙이는 것은 곧 잘못 이해하는 것이기 때문이다. 자칫 그사이에 충돌이라도 일어나면 무학이 송두리째 무너져 내린다.

용안심공.

아니, 용안심법.

그것은 무엇인가?

용안을 개안하는 것이다.

그렇기 위해선 용안을 가지고 있어야 한다.

그래서 주소군이 익히지 못한 것.

그럼 용안은 무엇인가?

용안은 근본을 본다.

아니, 그런 추상적인 정의는 더 이상 아무런 의미가 없다.

용안은 눈에 들어오는 모든 정보를 단 하나도 놓치지 않고 정리하는 것이다.

그 때문에 마치 보이지 않는 것까지도 보는 것처럼 느껴지나 실상은 그렇지 않다.

보이는 것에 한해서 놓치는 것이 없이 모든 것을 보고 정확하게 추론할 수 있기에, 생기는 착각이다.

감각이 넓어지는 것이 아니라, 날카로워지는 것.

더 많은 것을 보는 것이 아니라 더 정확히 보는 것이다.

때문에 감각이 넓어져 보이는 것이 많으면 그만큼 용안심법은 강력해진다.

영안을 통해서 이면을 볼 수 있었을 때, 용안심공을 12성 대성하고 심검을 완성했다. 다만 외부의 도움인 영안 때문에 정확히 그것을 이해할 수는 없었다.

하지만 지금은 이해할 수 있다.

심검(心劍)은 태을노군의 말처럼 무형검강(無形劍罡)이 아니다.

무형검리(無形劍理)이다.

무형검리는 무엇인가?

무형검리의 겉모습은 현실에선 산산조각이 나버린 역화검이다.

그것이라 말로 심상이 그린 검의 모습이다.

왜 역화검인가?

역화검을 통해 신검합일과 어검술을 동시에 깨우쳤기 때문이다. 그로 인해서 무형검기를 쏘며 지마임을 확신했다. 그 당시에는 몰랐으나, 신검합일과 어검술은 검술도 검공도 아닌 검법이기에, 그것으로 검강, 아니 검리까지도 쓸 수 있게 된 것이다.

또한 심검은 수수(鎖繡)에 덧씌워져 나타난다 그 이유는 역화검으로 처음 극양혈마공과 조화를 이뤘기 때문에, 이후에 극양혈마공을 다스리는 데 사용되었던 소소에 역화검의 흔적이 남은 것이다.

그런데 그런 극양혈마공을 용안심공이 다스렸다.

심법도 아닌 심공이.

크하하!

크하하!

아서라, 월려야!

아서라, 월려야!

이렇듯 심(心), 검(劍), 마(魔)가 서로 얽히고설켜 도저히 떨어질 수 없을 만큼 비틀린 채로 서로를 지탱하였거늘.

그 상태로 입신에 들려 했다니.

처음부터 다시 기반을 닦아야 한다.

완전히 무너뜨리고 다시 탑을 쌓아야 한다.

피월려는 씩 웃으며 뒤를 보았다.

그곳엔 백호 한 마리가 웅크리고 있었다.

피월려가 말했다.

"내가 널 잊었다 생각했나?"

백호는 말이 없었다.

당연히 없을 수밖에 없다.

자아가 없는 짐승이 어찌 말을 하겠는가?

피월려가 그 짐승을 노려보며 말했다.

"내가 완전히 비워졌다고 착각할 줄 알았나? 너를 품은 채로 다시 탑을 쌓을 거라 생각했나? 천만에! 그리고 너!"

그는 고개를 들어 하늘을 보았다.

그곳엔 용 한 마리가 그를 내려다보고 있었다.

피월려는 불타는 눈빛으로 그 용을 노려보았다.

"너도 잊지 않았어. 스승님께서 주신 걸 잊을 리가 없지."

용은 푸른빛으로 빛나는 비늘을 자랑하며 공중을 헤엄쳤다.

그 눈은 근본을 보는 용안이다.

피월려가 손가락을 뻗으며 외쳤다.

"제갈미가 보이지 않는다면 나는 아직 미치지 않은 것이고 그건 네가 내 속에 남아 있기 때문이야! 안 그런가?"

짐승도 신도 말이 없었다.

피월려는 그 둘을 번갈아 보며 사악한 미소를 지었다.

"심공도 마공도 검공도 없으니, 말조차 못 하는구나, 크하하! 크하하! 모조리. 모조리 비워주마. 무(無)가 되겠다! 그 위에 탑을 쌓겠다!"

피월려는 허리를 뒤로 젖히고 광소했다.

그렇게 광소가 끝없이 이어졌다.

✤　　　　✤　　　　✤

주소군은 귓가에 맴도는 소리에 몸을 뒤척였다.

쿠르릉!

하늘에서 떨어진 번개는 천지를 진동시켰고, 그 소리에 주소군은 잠이 달아나는 것 같았다. 그런데 순간적으로 뇌리를 스친 생각에 그는 침상에서 벌떡 일어났다.

"아, 피 형! 폭우가 쏟아지는데!"

그는 옷가지 하나를 집어 걸쳐 입었다. 그리고 헐레벌떡 밖으로 뛰쳐나왔다.

하늘이 뚫려 있는 내원 안으로는 비가 그대로 내린다. 따스한 불길이 꺼지고 빗물에 완전히 노출되면 늙은 그 몸으로 피월려가 얼마나 버틸 수 있을까?

뛰는 심장을 진정시키며 막 내원에 도착한 주소군.

그는 내원을 바라보곤, 두근거리는 가슴을 쓸어내릴 수 있었다.

주룩주룩 쏟아지는 빗속에서, 한 앳된 소녀가 크고 넓은 검은 우산을 들고 선 채로 피월려의 얼굴을 지긋이 바라보고 있었다.

신장은 다 자란 여인처럼 컸지만, 얼굴엔 아직 젖살이 빠지지 않아 성숙함보단 귀여움이 앞섰고, 가슴과 엉덩이의 굴곡도 뚜렷하지 않았다. 하지만 이목구비와 긴 머리카락, 그리고 몸의 비율로만 놓고 보면 천상의 신녀를 그대로 그려놓은 것 같이 아름다웠다.

그중의 가장 중심은 바로 눈동자.

그 눈동자는 모든 것을 집어삼킬 듯했다.

동시에 모든 것에 관심이 없는 듯했다.

뭇 남정네라면 눈을 마주치지 않아도, 마음을 모조리 빼앗아 버릴 것이다.

주소군은 눈길을 돌려 피월려를 바라보며 말했다.

하지만 말길은 피월려를 향한 것이 아니었다.

"알고 온 것인가요? 지금까지 동굴에서 나온 적이 없는 애가."

우산으로 피월려의 몸을 폭우로부터 보호하던 흑설의 두 눈동자는 조금도 움직이지 않았다.

"잊으셨어요? 오늘 음식을 챙겨주시는 날이에요. 스승님이 음식을 안 챙겨주셨잖아요. 그래서 습격이라도 받았을까 해서 와봤죠. 스승님의 시신을 기대하고 왔는데 이런 선물이 기다리고 있을 줄이야 꿈에도 몰랐어요."

주소군은 이제야 그가 술판을 벌리느라고 음식을 가져다줘야 한다는 걸 잊어버렸다는 걸 깨달았다.

그가 말했다.

"동굴 밖에 있으면 주령모귀마공(朱靈眸鬼魔功)이 급속도로 약화된다는 것을 모르는 거 아니겠죠? 얼른 돌아가세요."

"오랜만에 만난 낭군님인데 조금만 더 보고 갈게요. 게다가 한밤이니 그리 약화될 것도 없어요."

"……."

"참 많이 늙었네요. 극양혈마공의 부작용이 이 정도일 줄이야."

"그보단, 천마까지 이르렀다가 수라가 되었었어요. 목숨을 부지한 것만으로도 천운이죠."

"수라요? 수라가 뭐죠?"

주소군이 기둥에 몸을 기대며 말했다.

"천마급에 이른 마인이 마공을 폭주시켜 마성에 젖어든 것을 말해요. 피아를 구분하지도 못한 채 하루살이의 일생 같은 시간 동안이지만, 입신의 고수와도 견줄 수 있을 만큼 강력한 존재이죠."

"우와. 마지막 헤어질 땐 지마도 잘 모르겠다고 그러던데. 그 짧은 시간에 천마까지 도달한 거예요? 스승님도 도달 못한 거잖아요. 역시 낭군님으로 손색이 없네요."

그녀는 천마란 말은 듣고 폭주란 말은 듣지 못한 듯했다.

주소군은 나지막하게 말했다.

"저 모습을 보고도 계속 그렇게 낭군님이라 부를 줄은 몰랐어요. 그저 여아홍을 먹었다고……."

흑설이 피월려에게 시선을 고정하며 말을 잘랐다.

"첫날밤도 치렀는걸요?"

주소군의 턱이 완전히 빠진 것처럼 나왔다.

겨우 입을 닫은 주소군이 더듬거렸다.

"처, 첫날밤을요?"

"예화 언니는 분명 제 첫 상대로 낭군님을 선택했고, 그날 밤 제 여아홍을 마시게 했어요. 낭군님이 점잖아서 어린 나를 그냥 둔 거죠."

"……."

"그게 혼인이지 뭐가 혼인이에요?"

"어차피 그는 전혀 몰랐던……."

흑설은 다시 말을 잘랐다.

"안 치렀으면 모를까, 치룬 이상 월려 아저씨가 아니에요. 낭군님이지. 천살가에서 제 과거를 조사하겠답시고 하다가 알게 된 거잖아요?"

흑설은 손을 뻗어 피월려의 얼굴을 쓸며 내력을 피월려의 육신에 나누어주었다.

그러자 불안했던 피월려의 호흡이 점차 되돌아왔다.

그 손길은 천살성의 것이라고 볼 수 없을 만큼 애틋했다.

주소군이 그 모습을 지그시 보다가 말했다.

"그를 연모하는 줄은 몰랐어요. 기껏 해봤자, 관심 정도라고 알고 있었는데."

"맞아요. 관심 정도였죠. 한데…"

"한데?"

흑설의 눈이 웃음을 그리며, 그 농도를 가늠할 수 없을 만큼 진한 색기와 살기를 동시에 내뿜었다.

"이렇게… 예쁘게 망가진 줄은 몰랐어요."

"……"

"히히힛."

흑설은 천살가에 오고 나서부터 단 한 번도 웃은 적이 없었다.

어린아이 같은 자기 웃음소리가 싫다는 것이 이유였다.

주소군은 무언가 속에서 올라오는 기분을 감출 수 없었다.

"지금은 일단 동굴로 돌아가세요. 나중에 피 형과 함께 갈 테니, 이대로 밖에 있는 건 좋지 않아요."

흑설은 고개를 슬쩍 돌려 주소군을 보더니 툭하니 말했다.

"평소와는 다르게 강압적이시네요. 속에 품은 살심도 그렇고… 혹 두려우세요?"

"두렵다? 무슨 뜻이죠?"

흑설은 피월려의 어깨에 우산을 걸쳐놓았다.

그리고 우산 밖으로 나와 빗물에 몸을 맡겼다.

"스승님. 착각은 자유지만 그걸 제겐 강요하지 마세요."

흑설은 마지막으로 피월려를 흘겨보며 말을 이었다.

"천마까지 이르렀다면 늙은 몸뚱이도 문제될 건 없네요. 까 짓것 그냥 입신에 들어서 반로환동하라고 하죠, 뭐."

"……."

"그럼 이따가 봬요. 이번에는 주먹밥으로 해주셨으면 좋겠어요."

그녀는 살포시 웃고는 그대로 경공을 펼쳐 위로 솟아올랐다.

하늘 높이 사라지는 그녀의 뒷모습을 보는 주소군은 착잡한 마음을 애써 무시했다.

그때, 주소군이 서 있던 곳 반대편 복도에서 검은 인형(人形)이 나타났다.

"빈 침실이 있습니까?"

"아, 원 소저?"

원설은 보법을 펼쳐 빗속을 빠르게 지나온 후, 주소군 옆에 섰다.

그녀가 말했다.

"피 대주를 피신시키려는 줄 알았습니다만, 그건 아닌 것 같군요. 더 지켜볼 이유가 없을 것 같아서 나왔습니다. 오랜만에 침상에 눕고 싶습니다."

"비어 있는 방 아무 곳이나 쓰면 되요. 문제는 먼지가 많을 텐데……."

원설은 그를 지나치면서 자연스럽게 그의 말을 무시했다.

한곳으로 사라지는 원설을 보며 주소군이 중얼거렸다.

"묘하게 비슷하면서도 묘하게 다르네."

주소군은 피월려를 한번 슬쩍 보고는 다시 자기 방으로 돌아갔다.

피월려는 어깨에 걸쳐진 우산 덕에 빗물을 맞진 않았다. 다만 서서히 젖어드는 땅바닥에서 올라오는 물기가 그의 옷을 적시기 시작했다.

정오쯤 되었을까?

피월려는 정신을 차렸다.

하지만 숨을 마시고 내쉬는 데 문제가 있었다. 몸이 굳은 것이다.

다행히도 그가 깨어난 것을 본 악누가 술병 하나를 집어 들고 피월려에게로 걸어왔다. 그러곤 그의 앞에서 쭈그려 앉아 그의 이마에 검지를 대곤 내력을 불어넣어 주었다.

덕분에 피월려는 호흡을 되찾았다.

악누는 아침부터 피월려를 찾아왔으나, 명상을 하고 있다고 하여 지금까지 정처 없이 기다렸었다. 심심해진 그는 내원 한곳에 놓인 술독에서 술을 꺼내 마셨었는데, 벌써 그 반을 비웠다.

피월려는 코를 찌르는 술 냄새에 인상을 찌푸렸다.

"누구십니까?"

"악누다. 그 몸으로 날밤을 샌 것이냐? 그런 것치고는 말을 잘하는구나. 보기엔 별다른 변화는 없는 것 같은데?"

"심적으론 깨달음이 있었습니다만, 현실에 가져오긴 무리였습니다."

악누는 한 손에 든 술병을 벌컥벌컥 마신 뒤에 뒤를 돌아보며 크게 외쳤다.

"놈이 일어났다! 그놈 밥상도 차려줘라! 자, 자리에서 일어날 수 있겠느냐?"

피월려는 몸에 힘을 주었는데, 전과 달라진 것이 없었다. 여전히 무거웠고, 여전히 둔했다.

용안심공이 용안심법이 된 이상, 심상에서 그 효과가 그치기 때문에, 다른 진기의 도움 없이는 현실에서의 변화를 이끌어내지 못한다.

진보(進步)인가, 퇴보(退步)인가?

그도 아니면 답보(踏步)인가?

피월려는 악누의 부축을 받고 어느 방 안으로 들어갔다.

"하! 옷이 다 젖었구나. 본좌가 준 온주피도 빗물을 머금었구나. 그게 얼마나 귀한 건 줄 아느냐?"

"송구합니다."

"벗어라. 아마 새 옷이 있을 게다. 이봐, 암령가! 여기 새 옷

있느냐?"

그의 물음에 멀리서 주소군의 목소리가 들렸다.

"방에 있는 가재도구를 살펴보시지요, 어르신."

"하! 본좌가 시종 노릇이나 하다니!"

말은 그렇게 했지만, 악누는 별다른 불평을 더 하지 않고 새 옷을 찾았다.

피월려는 악누가 곧 들고 온 새 옷을 받아 입고는 한쪽 의자에 자리했다.

악누가 말했다.

"무학을 더 논하자고 온 건 아니니, 너무 실망하지 말거라."

실망이라기보단 그 반대지만, 예상이 빗나간 건 사실이다.

피월려가 되물었다.

"아, 아닙니까?"

"어차피 이대로 천살가에 머물러 있다 보면 허구한 날 하는 짓거리가 무학을 논하는 일이니, 나중에 맘껏 하자. 본좌가 온 건 형님의 부탁이 있어서 왔다."

"형님이라면, 가주님 말씀하시는 겁니까?"

"그래."

"혹시 가주께서 입신에 드셨습니까?"

"응? 그게 무슨 뚱딴지같은 소리야?"

"……"

피월려의 말이 없자 악누의 얼굴이 점차 차갑게 굳기 시작했다.

"형님이 입신에 들었다고? 그 말이냐?"

침묵을 지키던 피월려의 입에서 부드러운 목소리가 흘러나왔다.

"아닙니다. 어제 잠시 심득을 나눈 적이 있었는데, 그때 입신의 길이 보인다고 하시는 것 같아서……."

악누는 무릎을 탁 치더니, 턱 뒤로 머리를 빼며 웃음을 흘렸다.

"하! 형님이야 맨날 하는 소리가 입신 타령이지. 클클클. 본좌의 기억으론 아마 십 년 전부터 입신에 든다는 소리를 매일 하셨을 거다. 클클클. 너무 신경 쓰지 마라. 날씨가 좋다는 말보다 그 말을 더 하시니까."

"아, 그렇습니까? 저는 진심인 줄 알았습니다."

"클클클. 입신에 미쳐 있더니 그런 소리도 허투루 안 들리는구나. 하! 이렇게 입신에 대해서 이야기하니 또 무학을 논하고 싶어지는데… 안 되지 안 돼. 시간이 없어! 크흠! 혹시라도 본좌가 무학으로 슬쩍 말을 돌리려고만 하면 꼭 그것을 나무라야 한다. 알겠느냐?"

"정말로 그렇게 해도 되겠습니까?"

"아무렴! 걱정 말고 해라. 암령가! 음식은 아직이냐?"

그때 딱 주소군이 밥상을 들고 안으로 들어왔다.

"두 분 다 시장하셨죠? 천천히 들면서 이야기를 나누세요."

그대로 방 밖으로 나가려던 주소군을 악누가 멈춰 세웠다.

"아 참! 흑설이는? 성취가 어떠하냐? 아직 동굴에 있느냐?"

"그 아이야 뭐 항상 일취월장이죠. 안 그래도 오늘 피 형과 함께 가보려고 하는데 어르신께서도 동참하시겠어요?"

악누는 고개를 흔들었다.

"아니, 본좌보다는 시가 놈이랑 가라. 시가 놈도 아침 운기가 끝나면 온다고 했으니, 이제 곧 올 것이다."

"알겠습니다. 그럼."

주소군이 나가자 피월려가 물었다.

"그, 시 어르신은 누굽니까?"

악누가 말한 시가 놈은 당연히 천살가의 인물일 테니, 피월려가 함부로 시가 놈이라고 따라 부를 순 없었다.

악누가 쾌활한 목소리로 대답했다.

"하! 좀 음침한 노친네 있다. 아, 그러고 보니 너도 안면이 있겠다. 오면 그때 보고 인사드려라."

"……"

"우선 이것부터 전해주마."

악누는 품속에서 무언가를 꺼냈다. 백옥처럼 보이는 그것은 검지와 중지를 모아놓은 정도의 크기였고, 길쭉한 형태를 하고 있었다.

그것을 받아 든 피월려가 물었다.

"무엇입니까?"

"본좌가 전에 말했던 효천관이다. 호흡이 가빠오면, 그걸 써서 진정시키면 될 것이다."

"귀한 것 아닙니까?"

"귀하지. 백상어의 뼈를 토대로 진귀한 약재들을 섞어 그 기운을 흡수시킨 것이다. 황도 중심지의 기와집 하나 정도는 통째로 살 수 있을 거다. 감사는 됐다."

그것은 목걸이처럼 끈으로 연결되어 있었다.

피월려는 그것을 목에 걸고는 말했다.

"감사합니다."

"됐다. 더 언급하면, 입을 틀어막아 버릴 테니 그리 알아라."

그건 천살성의 성정이라기보단 악누 본인의 성격인 것 같았다.

피월려는 웃음이 나오는 걸 참고는 물었다.

"흑백대전에 대해서 말씀하시고자 오신 겁니까?"

"그건 시혼에게 들어라."

"그렇다면 본부에 대해서 말씀하시고자 하십니까?"

"그건 시가 놈에게 듣고."

"허면……"

"본좌는 혈교의 일을 말하러 왔다. 그게 아니라면 내가 직접 와서 널 아침 내내 기다렸을 리가 없지."

"……."

"본래는 형님이 직접 알려주었을 부분인데, 형님은 오늘 아침 출타하셨다. 그 길에 잠깐 본좌에게 들러서 이 일을 부탁하셨다."

"가주께서 출타하셨다면 혹시 흑백대전에 관계된 일이 아닙니까?"

"뭐 남궁 놈들을 보러 간다는 말은 했다만……."

남궁세가를 본다?

피월려는 돈사하가 그 일을 직접 하려고 한다는 것을 깨달았다.

사실 독물들이 가득한 배 바닥에서 홀로 잠입하여, 그 독물들을 배 속에 푸는 역할은 거의 죽는다고 봐도 과언이 아니다. 독물을 피하는 건 고사하고, 혈혈단신으로 남궁세가의 무인들에게 합공을 받으면 입신이라도 생존을 확신할 수 없다.

그나마 실낱같은 가능성은 독물만 풀고 몸을 숨기는 것인데, 아마 암공의 대가인 돈사하는 그것을 생각하는 듯했다.

그것이 아니라면…

"무슨 생각을 그리 골똘히 하느냐?"

"아, 아닙니다. 가주께서 전해주시려 하던 혈교의 일이 무엇입니까?"

악누는 잠시 의심스럽다는 눈초리로 피월려를 보았지만, 이
내 거두곤 대답했다.

"혈교에 정식으로 입교해라."

"예?"

"처음 널 데리러 갈 때, 형님께서는 직접 너를 보고나서 판
단하신다고 하셨다. 그 판단이 선 것이지."

"혈교에 입교하라는 건……."

"자기가 혈교라고 생각하는 자는 많다. 하지만 진정한 혈교
의 비밀을 아는 자는 천살가에조차도 많이 없다. 그것을 알아
야 진정한 의미에서 혈교인이지."

피월려는 묻어 왔던 호기심이 살아나는 것을 느꼈다.

"무슨 말씀인지 모르겠습니다. 아니… 도대체 혈교가 무엇
입니까? 정확히 무엇을 하는 곳이고 또 왜 혈교에서 저를 원
하는 겁니까? 박소을과는 어찌 협력하는 것입니까? 또한 혈교
의 비밀은 무엇입니까?"

점차 말을 하면서 피월려의 목소리가 커졌다. 악누는 방음
막을 펼쳐 그 소리를 모두 막았다.

그런데 그 순간 악누의 눈썹이 꿈틀거렸다.

"썩, 나쁘지 않군."

"예?"

"방음막을 펼치다가 어떤 새로운 존재감을 느꼈다. 그 박 장로의 계집년이겠지. 분명 어딘가 숨어서 입 모양을 보며 유추하려는 것이다. 존재감은 느껴지지만 정확한 위치가 안 느껴지는 걸 보니 확실히 솜씨가 좋아. 이래선 추궁도 못 하겠군."

스멀스멀 피어오르는 살기에 피월려가 급하게 말했다.

"박 장로의 사람입니다. 살기를 거두시지요."

악누는 이를 부득 갈더니, 중얼거렸다.

"네 말이 맞다. 쯧! 아직 박 장로와 척을 진 것이 아니니 함부로 그의 인물을 죽일 순 없지. 짜증 나는군. 어쨌든, 본좌는 입 모양을 능숙하게 숨길 수 있지만, 넌 그게 안 되니 말을 아껴라."

"……"

"하여간 여유롭게 대화하면서 중간중간 무학도 논할 생각에 일찍 왔는데, 이렇게 시간이 지체될 줄은 몰랐다. 날파리도 꼬이고, 쯧! 시간도 없는데 짜증 나는군!"

악누의 몸에서 서서히 살기가 진해지는 것을 느낀 피월려는 급히 다른 대화로 넘겼다.

"그렇게 말씀하시는 걸 보니, 시 어르신께서 오시기 전에 말씀을 끝내셔야 하나봅니다."

피월려는 원설이 그의 입 모양을 볼 것을 생각해, 입을 최소한으로 움직였다.

악누가 말했다.

"아, 그래. 시가 놈도 자세한 내막은 모른다. 그래서 시가 놈이 도착하기 전에 말을 끝내야 하지. 이것저것 지껄이느라고 말이 너무 많았군. 혈교주에 대해서 말해주마."

피월려는 침을 삼켰다.

악누가 말을 이었다.

"혈교주란 실존하는 사람이 아니다."

"그러면……."

"혈교주는 어떤 사람을 지칭하는 단어가 아니다. 다들 형님께서 혈교주라고 믿지만 이는 사실이 아니다."

"무슨 뜻입니까?"

"너라면 분명 의심을 했었을 것이다. 어떻게 천살성으로만 이뤄진 천살가가 본 교를… 아니 교주를 섬길 수 있었는지. 또한 교주의 호위를 담당하는 호법원은 왜 천살성만 차출하는지를… 아니냐?"

피월려는 박소을의 말을 기억하며 고개를 끄덕였다.

"사실 '충성'이란 말에서 천살성만큼이나 동떨어진 사람들도 없습니다. 그러니 그 이야기를 들었을 땐, 의아하긴 했습니다. 교주를 위해서 자기 목숨을 기꺼이 버리는 역할을 하는 호법이 어떻게 천살성만 가능한지 말입니다."

악누는 자기 머리를 툭툭 건들며 말했다.

"그 이유는 바로 천살가의 모든 천살성은 금제(禁制)를 받기 때문이니라. 정신을 파고들어 강제로 교주를 섬기는 강력한 금제지. 그것은 천마 시조의 제자이자 천살가의 시조라고 할 수 있는 고괴 시조께서 자신의 양자를 억압하기 위해서 만든 것이다. 그 이후로, 천살가에 입적하는 모든 천살성은 신물전에 들려 그 금제를 받아야 하느니라. 교주에게 맹목적인 충성을 하도록."

금제는 사람의 정신을 억압하는 술법으로, 좌도 공부 중에서도 극히 어려운 것이다. 사람의 정신만큼 복잡하고 어려운 것이 없기 때문에, 이를 제어하는 금제는 우도로 말하면 초절정 혹은 천마급에 해당하는 깨달음과 실력이 있어야 가능했다.

현실적으로 그런 금제가 아니고서야 천살성이 누군가에게 충성을 바칠 수는 없다. 하지만 그럼에도 소설 속에서나 등장할 법한 그런 좌도의 술법이 실존한다는 사실에 피월려는 놀라지 않을 수 없었다.

"그럴 수가……."

악누가 말을 이었다.

"때문에 지금까지 천살성이 교주가 된 전례가 없느니라. 천살성은 그 금제 때문에 교주에게 대항할 수 없지. 또한 그 금제는 가족을 상대로도 특정 행동을 강제한다. 사회성이 없어 타인과 절대 섞일 수 없는 천살성들의 가문이 천마오가로 부속되어 있을 수 있는 이유가 바로 거기 있느니라."

그가 지금 금제 이야기를 꺼낸 이유가 무엇일까?

피월려가 물었다.

"그럼 혈교의 목적은 그 금제에서 벗어나는 것입니까?"

"그랬었지. 오래전, 그 금제에 신물이 난 천살성 한 명이 금제를 파훼하기 위해서 처음 혈교를 만들었느니라."

"혈교……."

악누는 입맛을 다시고는 다시 말했다.

"그는 천살성의 정신을 옥죄는 그 금제에 치명적인 약점이 있다는 걸 알아냈다. 바로 그 주문에 '천마신교의 교주'라는 말이 없이 그저 '교주'라는 말로만 되어 있다는 점이다. 따라서 혈교인들은 머릿속으로 혈교주란 가상의 교주를 상상하여 본 교의 진정한 교주라고 스스로를 세뇌하는 것을 통해 그 금제에서 어느 정도 벗어나는 방법을 연구했고 일정 부분 성공했느니라."

상당히 묘한 술책이다.

피월려는 머뭇거리다 물었다.

"그, 그것이 가능합니까?"

"물론 완전하게는 아니어도, 전처럼 맹목적인 충성에선 벗어날 수 있다. 하지만 정면으로 교주와 반목하는 건 아무래도 불가능하지."

"역시……."

"즉 혈교주란 천살성들이 금제에서 벗어나기 위한 가상의 교주다. 그 대상은 각자 다르지. 혈교의 본질은 그것에서부터 출발했다. 하지만 시간이 지나면서 이것이 왜곡되어 이상하게 변질되었다. 작금에 와서는 그저 교주와 은밀히 반목하는 세력들을 칭하는 단어로 쓰이게 되었느니라."

피월려는 여러 차례 고개를 끄덕이더니 물었다.

"천살성들도 혈교인들도 잘 모르는 이것을… 제게 말씀해 주시는 이유가 뭡니까? 제가 진정한 혈교인이 되어서 해야 할 일이 무엇입니까?"

악누가 말했다.

"첫 번째로는 진정한 혈교인만 알고 있는 금제에서 벗어나는 반술(反術)을 네가 흑설에게 그것을 가르치는 것이다. 흑설 또한 그 금제에서 자유롭지 못해. 본좌와 형님이 직접 가르치기엔 보는 눈이 너무 많다. 그러니 너를 통해서 천살가의 미래인 그 아이에게 가르쳐야만 해."

"다른 이유도 있습니까?"

"두 번째로는 네 애매모호한 위치가 있다. 천살가에 입적했지만, 그것은 천살성이기 때문이 아니라 혼인을 통한 것이지. 이는 전례가 아주 없는 것도 아니다. 따라서 신물전에서 너를 데려갈 명분이 없다. 네가 그 금제에서 완전히 자유로우니, 우리보다는 활동하기가 편하지."

"하지만 제가 천살성인 것이 밝혀지면 저도 금제를 받을 것입니다. 아니, 그보다 제가 진정으로 천살성이긴 한 겁니까?"

"세 번째 이유가 바로 그것이니라! 네 속에 잠든 백호!"

악누는 더 말을 하지 않고 피월려를 지그시 바라보았다.

피월려도 조금 침묵을 지키다가, 이내 속내를 털어놓았다.

"절 살린 이유가 역시 그것 때문이었군요……."

천마신교는 현무를 통해서 마정을 채취하여 역혈지체를 만들었다.

북행빙궁은 주작을 통해서 빙정을 채취하여 천음지체를 만들었다.

그러니 천살가에서도 백호를 통해서 인위적인 천살지체를 만들 수 있을 것이다.

그것이야말로 돈사하가 피월려를 살린 가장 큰 이유이다.

악누는 고개를 끄게 한번 끄덕였다.

"하! 역시 눈치챘었구나. 설명을 잘 못하는 본좌의 수고를 덜어줘서 고맙다."

"……"

"그 계획에는 네가 가장 깊숙이 관여해 있다. 형님은 네게 숨기고 일을 진행하느니, 차라리 모든 것을 솔직히 말하고 네 협조를 구하는 것이 더 좋겠다고 판단하셨지. 그래서 이렇게 모든 것을 이야기하는 것이다. 그것이 세 번째 이유다."

악누는 피월려는 이미 어느 정도 눈치채고 있는 것을 대강 알고 있었다. 그러니 그 의심이 커지기 전에 아예 다 솔직히 말해 버리는 것이 피월려의 신임을 얻어 오히려 그들에겐 더 이롭게 작용할 가능성이 크다고 판단했다.

모든 진실을 알려주고 선택을 강요한다.

과연 천살가다운 방법이다.

피월려가 말했다.

"잘못했으면, 가주와의 만남이 제 생의 마지막 날이 되었겠군요. 저와 무학을 논하시면서 저를 죽일지, 속일지, 아니면 모든 것을 말할지 가늠하고 계셨다니, 꿈에도 몰랐습니다."

악누가 시선을 피하며 입술을 한번 빨았다.

"형님은 고요하시지. 그 속내를 절대 파악할 수 없느니라."

"……."

"하여간 형님께서 본좌를 통해 하고 싶으셨던 말은 그것이 전부다. 이제 네가 답할 차례이다. 어찌하겠느냐?"

"제가 협조하지 않겠다고 하면 어떻게 됩니까?"

"하! 형님은 네가 협조할 것이라 했고 그 외의 답에 대해선 말씀이 없으셨다."

"……."

"그래도 네 대답을 들어야겠다. 말해라."

피월려는 마음의 눈을 감았다.

감각을 죽이고 그의 마음속 깊은 곳으로 내려갔다.

온통 어둠으로 가득한 그곳에 작은 빛이 흘러나오고 있었다.

아무리 꺼뜨리려고 애를 써도 꺼지지 않는 그 불씨.

그 불씨는 너무나 미약했다.

그러나 그것은 절대로 꺼지지 않았다.

지독한 허무함 속에서도 타고 있었다.

지독한 외로움 속에서도 타고 있었다.

지독한 두려움 속에서도 타고 있었다.

목적도.

이유도.

아무것도 남아 있지 않아도.

그것은 타고 있었다.

그 끈질긴 생명력은 지칠 줄 몰랐다.

피월려는 그 불씨가 무엇을 향한 열망인지도 확신할 수 없었다.

무의 극에 이르려 하는 것일까?

복수를 이루고 싶은 것일까?

그저 죽기 싫어서 발악하는 것일까?

아니면.

무의 극에 이르기 위해 죽지 않으려는 것인가?

무의 극에 이르기 위해 복수를 하려는 것인가?

죽지 않기 위해 무의 극에 이르려는 것인가?

죽지 않기 위해 복수를 하려는 것인가?

복수를 하기 위해 죽지 않으려는 것인가?

복수를 하기 위해 무의 극에 이르려는 것인가?

아니면.

무의 극에 이르기 위해서 죽지 않음으로 복수를 하려는 것인가?

무의 극에 이르기 위해서 복수를 함으로 죽지 않으려는 것인가?

죽지 않기 위해 무의 극에 이름으로 복수를 하려는 것인가?

죽지 않기 위해 무의 복수를 함으로 무의 극에 이르려는 것인가?

복수를 하기 위해 죽지 않음으로 무의 극에 이르려는 것인가?

복수를 하기 위해 무의 극에 이름으로 죽지 않으려는 것인가?

아니다.

모두 틀렸다.

그리고 모두 맞다.

세 가지가 모두 서로 얽히고설켜 도저히 떨어질 수 없을 만큼 비틀린 채로 서로를 지탱하여 불씨를 살리는 것이다.

피월려는 무거운 입을 열고 대답했다.

"무의 극에 이르고 싶습니다. 복수를 하고 싶습니다. 살고 싶습니다."

"……"

"때문에 협조하겠습니다."

악누는 피가 뚝뚝 흘러나올 것 같은 두 눈으로 피월려를 노려보더니 이내 고개를 뒤로 젖히고 광소를 터뜨렸다.

"크하하! 크하하! 역시 재밌는 놈이구나! 그래! 그래라! 크하하! 크하하!"

한동안 그의 광소가 그 방을 떠나갈 줄 몰랐다.

*　　　　*　　　　*

금제와 반술에 대해서 자세히 설명한 악누는 피월려에게 마지막 당부를 남긴 뒤, 내원으로 나왔다.

그곳에는 한 노인이 그 거대한 술독을 양손으로 들고 마지막 술 방울을 핥으며 아쉬워하고 있었다. 그 노인은 이목구비 중 하나도 정상이 아닌 얼굴을 가지고 있었는데 전체적으로 험악하고 날카로운 인상이라 보는 사람으로 하여금 얼른 눈을 회피하게 만들었다.

그 노인을 본 악누가 눈살을 찌푸리며 말했다.

"하! 시 형! 이미 왔었는가?"

시 형이라 불린 노인, 천마신교의 교육부 장로인 도첨마무 시록쇠가 술독을 내려놓고는 기분 나쁘게 웃었다.

"흐흐흐. 악 형이 그놈과 다 말하기에 기다렸지."

"그럴 시 형이 아닌데 웬일인가? 진작 방 안에 쳐들어와서 훼방을 놓을 시 형 아닌가?"

시록쇠는 입맛을 한껏 다신 뒤에 양팔로 뒷짐을 졌다. 그의 등에 매달린 거대한 도가 작게 흔들리며 공명음을 내었다.

"노부가 악 형과 같은 줄 아는가? 노부는 나이를 먹고 철이 들었어."

"하! 철이 들긴. 누가?"

"한데 악 형은 바로 가는가? 같이 설이라도 보고 가."

악누는 고개를 이리저리 흔들면서 손사래를 쳤다.

"본좌는 됐다. 할 일도 있고. 그런 새파랗게 어린년을 봐서 뭐 하나. 시간만 버리지."

시록쇠는 으르렁거렸다.

"은퇴한 자가 무슨 놈의 할 일. 노부는 교육부 장로를 맡고 있다. 그런데도 시간을 내서 천살가의 미래를 위해 희생한다. 한데 악 형이 이리 그냥 가나?"

악누는 살기가 번뜩이는 눈빛으로 시록쇠를 보았다.

"하! 어차피 흑백대전 때문에 본가로 내려온 거 아닌가? 일이 없는 건 피차일반이지. 또한 본좌는 애송이를 가르치는 데 관심이 없다!"

"노부도 관심 없다. 관심이 있어서 하는 줄 아는가, 악 형. 미래를 생각해야지, 미래를."

시록쇠의 재촉에도 악누는 여전히 고개를 저었다.

"본좌는 누굴 가르치는데 재주가 없어서 시 형처럼 손속을 잘 조절하지 못해. 행여나 설이가 죽으면 안 되니, 내게 그 일을 부탁하질 말아."

악누는 기분이 나쁜지 이미 찌푸린 얼굴을 한층 더 찌푸리며 밖으로 나가 버렸다.

시록쇠는 시야 멀리 사라지는 그의 뒷모습을 지켜보다가 중얼거렸다.

"훙. 악가 놈… 은퇴하고 더 고약해졌군. 동생의 죽음 때문인가? 쯧쯧. 폭주할 날이 멀지 않았겠어. 그땐 노부가 친히 죽여줘야 면이 살겠지. 그나저나 말존대 같은데 누구냐? 나와보거라."

그 말이 끝나기 무섭게 그의 앞에 검은 연기와 같은 것이 피어오르더니 그 속에서 원설이 모습을 드러냈다.

그녀는 부복하며 외쳤다.

"말존대 단주 원설이 도첨마무 장로님께 인사 올립니다."

시록쇠는 두 눈에 살기를 담으며 원설을 보았다.

"그래. 단주쯤은 되어야 그 정도로 숨지. 악가 놈이 용케 네 년이 숨어 있는 걸 용납했구나?"

"예?"

"노부의 기억으로는, 악가 놈은 호법원주로 있으면서 주변에 누가 몸을 숨기고 있는 꼴을 못 봤지, 아마? 흐흐흐. 한 번은 짜증 난다고 그대로 목을 치려는 걸 교주가 말렸었어. 악가 놈이 네년을 못 죽이는 이유라도 있냐?"

"……"

원설의 눈빛이 묘하게 변했다. 동시에 시록쇠의 눈빛은 점점 가라앉았다.

시록쇠가 물었다.

"네년 소속이 어디라고?"

"말존대 제8단주입니다."

"천살가엔 무슨 일이고?"

"교주명을 받들어 피 대주를 본부로 인도하려고 합니다."

"피 대주라면, 낙성혈신마 말이냐?"

"예, 혹 가주께 들으신 것이 없습니까? 제가 천살가의 방해로 그를 데려가지 못하면 교주께서 그 무례를 용서치 않을 겁니다."

"흐흐흐. 그 전에 명령을 제대로 수행하지 못한 네 모가지가 날아가겠지."

"……."

"형님은 그 부분에 대해서 아무 말 없으셨다. 다만 낙성혈신마를 한번 만나서 이런저런 이야기를 나누라고 했었지. 형님이 돌아오시면 그때 한번 다시 말해 보거라. 뭐, 박 장로에 대해서도 형님과 말할 것이 많지 않나?"

"그렇습니다. 혹 시록쇠 장로님께서는……."

시록쇠는 한 발을 내디디며 원설의 말을 잘랐다.

"됐다. 꺼지거라."

원설은 말을 삼키곤 포권을 취했다.

시록쇠의 성정은 본부에서 익히 들어 잘 알았기 때문이다.

"존명."

원설은 어둠에 삼켜지는 것처럼 그 자리에서 사라졌고, 시록쇠는 거침없는 발걸음으로 피월려가 있는 방까지 걸어갔다.

안에 있던 피월려는 원설이 외친 도첨마무라는 별호에서 그의 이름을 떠올릴 수 있었다.

"아, 시록쇠 장로님이 아니십……."

피월려가 말을 다하기도 전에 시록쇠가 피월려의 옆에 있는 침상에 걸터앉으며 자기 멋대로 말을 시작했다.

"듣던 대로 많이 처늙었구나. 하나만 물어보자. 밖에 있는 말존대 년, 아는 년이냐?"

갑자기 쏟아진 질문에 피월려는 얼굴에 황당함이 떠오르는 걸 막지 못했다.

그는 겨우 제시간에 대답을 내놓을 수 있었다.

"예? 아, 예."

시록쇠는 귀를 만지작거리더니 코를 마구잡이로 후비며 말을 이었다.

"그년한테 박소을 냄새가 나서 죽이려고 했는데, 네가 마음에 걸려 한번 물어나 본다. 죽이지 말까?"

"아… 그."

피월려는 순간 오만 가지 생각이 다 들었다.

갑자기 나타난 그가 피월려를 떠보려는 것인지 아니면 그저 순수하게 궁금해서 그러는 건지 그도 아니면 무슨 다른 이유가 있는지 혼란스러웠다.

다행히 그가 답을 하기 전에 시록쇠가 먼저 윗입술이 잘려나간 입을 길게 찢으며 웃었다.

"흐흐흐. 꺼림칙한 게 있나 보군. 뭐, 알았다. 네 사정도 있고, 설이를 찾아낸 공도 있고 하니, 네 의견을 존중해 주마."

"……"

"노부가 설이를 보려 하는데, 같이 가겠느냐? 가는 길에 할 말도 좀 있고."

"혹 가주께서 부탁하신 일입니까?"

"어찌 알았냐?"

"악 형주님께서도 비슷한 일로 제게 찾아오셨습니다. 아마 어르신께도 비슷한 부탁을 한 것이 아닌가 해서 말입니다."

시록쇠는 코를 파더니 코딱지를 후하고 불며 대수롭지 않다는 듯 말했다.

"그래? 흐음, 뭐 노부가 상관할 바가 아니지. 하여간 일어나거라. 그리고 보니 너도 낙양지부에서 흑설과 떨어진 이후로 처음이겠구나."

"예."

"놀라지 말거라. 상당히 예뻐졌느니라."

그렇게 말한 시록쇠는 벌떡 침상에서 일어나 나가 버렸다. 피월려는 서둘러 몸을 일으켜 그를 따라 나갔다.

*　　　　*　　　　*

시록쇠와 피월려는 함께 흑설이 있는 동굴로 향했다. 주소군과 원설 둘 다 그들과 함께 가려 했으나, 시록쇠가 살기를 발산하며 한번 째려보는 것으로 그 걸음을 막아버렸다. 그 이후 시록쇠는 놀랍게도 온주피를 입은 피월려를 등에 업고, 한 손에는 주소군이 싸준 보따리를 들고 경공을 펼쳤다.

피월려가 느끼기에 시록쇠는 악누와 비슷하면서도 굉장히 달랐다. 눈짓 몸짓 하나하나에서 살기가 뿜어져 나오고 행동에 거침이 없다는 점이 너무 잘 드러나서 그렇지 그 외에 부분에 대해서는 사실 모든 점이 달랐다. 아마 천살성이라는 공통점 외에는 전부 다 다른 것일 것이다. 다만 천살성이라는 공통점이 워낙 두드러지기 때문에 다른 점이 겉으로 잘 보이지 않은 것일 뿐.

통일성 속에 개성.

피월려는 또다시 자기도 모르게 깊은 생각에 빠졌다.

시록쇠는 주변에 아무도 없다는 걸 열두 번이나 확인하고는 말했다.

"귀찮으니 한 번에 말하겠다. 알아서 듣고 판단해라."

귀 사이를 지나가는 바람 소리에 섞인 시록쇠의 말이 딴 생각을 하고 있는 피월려의 뇌리에 스며들 리 만무했다.

피월려가 되물었다.

"예?"

"뭔 생각을 처하고 있냐? 노부가 한 번만 말할 테니까 잘 들으라는 말이다."

말은 그렇게 했지만, 그 속에 화는 없었다. 그저 그의 말투가 그런 것이다.

피월려가 공손히 말했다.

"아, 예. 말씀하십시오."

시록쇠가 말을 이었다.

"십여 년 전, 전전대교주 천각은 이계에서 왔다는 박소을과 미내로에게 흥미를 느껴 그들을 품었다. 하지만 그게 그의 불찰이었지. 정확한 이유는 모르지만, 박소을과 미내로는 은밀히 천각을 실추시키고 전대 교주 혈수마제를 도와 그녀를 교주에 올린다. 그 과정에서 천살가도 도왔는데 바로 술법의 대가인 미내로가 혈교의 반술을 더 강화시키겠다는 조건 때문이었다. 그리고 그때까지 케케묵은 역사에 지나지 않았던 혈교가 그것을 계기로 이계인들과 협력하며 부활했다."

혈교의 반술을 알고 있는 것을 보면, 시록쇠도 진정한 혈교인임이 틀림없었다.

피월려는 그 말에 이상한 점을 느껴 되물었다.

"박 장로는 전전대 교주인 천각과는 의형제를 맺었다고 들었습니다만."

시록쇠가 살기 돋는 웃음소리를 냈다.

"흐흐흐. 현천가에선 아직도 박 장로가 자기들을 배신했다 믿지 않아. 현천가 놈들은 항상 세력만 세지, 대가리가 비었으니까. 교주 쪽에서 박소을이 자기를 도왔다고 암만 말해줘도, 박소을의 세 치 혀에 놀아나 절대 교주를 믿지 않았어."

"그럼 그 이후에 박 장로와 성음청 전대교주와의 관계는 어떻게 된 것입니까?"

"이후 토사구팽(兎死狗烹) 당한 게지. 거의 죽음을 면치 못할 수준까지 갔지만, 현천가의 보호로 겨우 살아남았다."

"……."

피월려 생각엔 그 말이 그대로 받아들이기엔 앞뒤가 잘 맞는 것 같지 않았다. 하지만 당장 시록쇠와 입씨름을 할 생각도 없었고, 한다 해도 얻을 것이 없기에 침묵을 지켰다.

시록쇠는 말을 이었다.

"뭐, 천살가도 전대 교주 성음청과 사이가 별로 좋지 못해서 지금까지도 박 장로와 손을 잡고 있었다. 혈교라는 이름 아래 말이야. 하지만 서서히 그 끝이 보이고 있다."

"목적이 달라진 것입니까?"

"그보다는 박 장로가 생각이 많아진 것이지. 클클클. 슬슬 뒤를 돌아볼 여유가 생기니, 그의 약점을 알고 있는 천살가가 껄끄러운 거야. 사실 천살가가 현천가하고 손만 잡으면 그놈은 죽음을 면할 수 없어. 특히 충성심이 강한 현천가의 마인들은 그를 죽이기 위해서라면 서슴없이 마성에 젖어들 거다. 혈교라는 반쪽짜리 기반밖에 없는 그놈이 무슨 수로 그걸 감당해? 어림도 없는 소리지."

"……."

"하여튼 그와 연합으로 생긴 혈교 내부에서 그놈을 섬기는 혈교인과 천살가의 진정한 혈교인을 제대로 분별할 시기가 왔다 이거지. 이해했냐?"

"대강은 이해했습니다."

"형님이 말하길, 네가 박 장로 및 교주 시화마제와 특수한 관계에 있다고 했다. 그 때문에 혈교의 일로 귀히 쓰일 것이라 하니 이 모든 것을 말해주고 협조를 구하라 하셨지."

피월려는 혹시나 하는 생각에 물었다.

"제가 거절하면 어찌 됩니까?"

시록쇠는 담담한 목소리로 말했다.

"수락할 거라 했다."

"……."

"거절할 테냐?"

살기만으로도 죽일 기세다.

피월려는 포권을 취했다.

"아닙니다. 그리 하겠습니다."

"혈교에 일에 대해서 더 궁금한 것이 있으면 노부에게 물어라. 천살가에선 그나마 노부가 형님 옆에서 계속 보좌했으니까. 나름 본 교의 장로라 내부 사정도 훤히 안다."

그러고 보니, 시록쇠는 천마신교 장로 중 하나다. 지금은 흑백대전이 발발하여 교육부 장로의 일에서 잠시 손을 놓고 천살가로 내려와서 방위에 힘쓰고 있지만, 사실 그는 천마신교의 살림을 책임지는 사람이라는 뜻이다.

그런 그가 사방신에 대해선 일언 언급도 없다.

왜 그럴까?

돈사하는 피월려에게 악누와 시록쇠 두 명을 통해서 똑같은 혈교를 설명했다.

하지만 그 둘이 알고 있는 내용은 몇몇 연결점이 있으면서도 판이하게 다르다. 둘 다 혈교에 대해선 알지만, 악누는 과거 마교 내부의 세력 다툼에 대해선 알지 못하고 시록쇠는 백호를 포함한 사방신이나 그에 따른 각 지체들에 대해서 알지 못한다.

즉, 둘 다 완전한 그림을 보고 있지 않고, 부분적으로만 알고 있는 것이다.

이는 분명 돈사하가 그것을 의도한 것이다.

피월려는 가주인 돈사하가 그에게 전하고자 하는 것이 무엇인지 알 것 같았다.

이면에서 돌아가는 일과 현실에서 돌아가는 일.

사건의 겉과 속, 이 두 가지를 모두 보기 원하는 것이다.

피월려는 궁금한 것이 많아졌지만, 호기심을 죽였다. 양쪽 그림을 짜 맞추는 과정에서 나오는 질문은 악누에게도 시록쇠에게도 해서는 안 된다. 오로지 완전한 그림을 가지고 있는 돈사하에게만 할 수 있다.

그것이 돈사하가 그에게 하는 말이다.

피월려가 말했다.

"생각해 보고 더 궁금한 점이 있으면 말씀드리겠습니다."

시록쇠는 고개를 살짝 끄덕이는 것으로 대답을 대신했다.

*   *   *

음한지동의 입구는 사실 한 동굴의 입구라고 하기도 민망한 것이었다.

그것은 거대한 바위가 땅에서 조금 솟아난 그 속에, 정말 잘 보이지도 않는 비좁은 공간 사이였다. 그걸 본 누구도 그것을 여우 굴쯤으로 생각하곤 절대 사람이 들어갈 수 없다고 생각할 것이다.

하지만 막상 몸을 눕히고 이리저리 발을 내려 보면, 서서히 몸이 안으로 빨려 들어가는 듯한 느낌이 든다. 피월려는 그 좁은 곳에 몸이 쭉쭉 들어가고 있는 그 자체가 너무 황당하여 믿기지가 않았다.

아마 거대한 검으로 땅을 깊숙이 찔러 대지에 상처를 냈다면 이런 동굴이 생성되었을 것이다. 다만 사람의 상처와 다른 점이 있다면, 안으로 들어가면 들어갈수록 뜨거움이 아닌 차가움이 강해진다는 점이었다.

먼저 시록쇠가 내려가고 뒤따라오는 피월려를 인도했다. 한 참을 내려간 피월려는 조금씩 느리게 내려가는데도 호흡이 턱 밑까지 차오르는 것을 느꼈다. 그는 악누가 선물한 효천관을 이용하여 호흡하면서 꾸역꾸역 다리를 움직였다.

얼마나 지났을까? 그들은 말로 형용할 수 없을 만큼 거대한 동공(洞空)에 도착했다. 피월려는 그 장관을 볼 수 없었지만, 작은 호흡 소리조차 울리면서 메아리를 치는 통에 대충 그 크기를 짐작할 수는 있었다.

"앞으로는 절벽이라고 생각해. 벽에 바싹 붙어서 따라와."

그들이 나온 곳은 동공의 한쪽 면, 그 중앙쯤이었다.

"아래까지 얼마나 깊기에 그렇습니까?"

"깊이도 깊이지만, 호수 위로 솟아난 석순들이 날카로워. 떨어지면 꿰뚫려 죽을 거다."

"……."

"걷는 길이 미끄럽거나 좁진 않으니 천천히 따라오면 된다."

시록쇠는 아까처럼 업어줄 생각은 없는 것 같았다.

아마 흑설에게 그 모습을 보이기 싫은 것일 것이다.

그렇다면 그 이유는 무엇일까?

"젠장. 진절머리 나는군."

머리를 흔들며 조용히 독백한 피월려를 향해 막 걸음을 옮기려던 시록쇠가 돌아봤다.

"뭐라 했냐?"

"아, 아닙니다. 그저 신경 쓰이는 일이 있어서 말입니다."

"무슨 일?"

"나쁜 버릇이 있습니다. 그게 싫어서… 정말 아무것도 아닙니다, 형주님."

"……."

"정말입니다."

"싱겁기는. 뭐, 하여간 조심히 걸어오너라."

"예."

그들은 그렇게 소소한 대화를 하며 비탈길을 내려갔다.

절벽에 붙어 있는 비탈길은 그 절벽을 타고 안쪽으로 휘어져 들어갔다. 그들이 걸음을 걷자, 절벽에 가려 보이지 않던 곳이 점차 그 모습을 드러냈는데, 가뜩이나 큰 동공이 기하급수적으로 넓어지면서 저 멀리 수평선이 그려질 정도의 크기가 되었다. 그리고 그 안을 가득 매운 석순과 종유석, 그리고 석주는 마치 하늘까지 솟은 거목들의 울창한 숲을 연상시켰다.

그 지하태호(地下太湖)에서 수면 밖으로 겨우 맨살을 드러낸 부분은 절벽 길로 이어지는 곳이었다. 마치 작은 섬과도 같았는데, 그 땅이 우유 빛깔을 내는 것이, 모래가 아닌 거대한 바위 위라는 것을 알 수 있었다.

그 중앙에 펑퍼짐한 복장을 한 여인이 눈을 감고 가부좌를 틀고 앉아 있었다.

시록쇠는 한쪽에 솟아오른 석순에 몸을 기대고 앉은 뒤에, 그 옆에 피월려도 앉혔다.

"설이가 운기조식 중이다. 앉아서 기다리자. 흐흐흐. 언제 봐도 예쁘구나."

시록쇠의 말에는 그가 흑설에게 느끼는 성욕이 온전히 담겨 있었다. 감흥 없이 말하며 숨기려는 것도 아니고 과도하게 말하며 흥을 보는 것도 아니었다. 그저 자기가 느끼는 욕정 그대로를 숨김없이 드러낸 것이다.

피월려는 흑설을 볼 수 없었지만 그녀의 나이를 떠올리며 말했다.

"이제 열넷, 다섯 정도 아닙니까?"

"어리지만, 익힌 마공이 마공이라서 말이지. 색기를 풍겨대서 소녀로 느껴지지 않아. 뭐, 냉정하게 신체만 놓고 보면 아직 앳된 티가 나긴 하지."

"아니, 그것이 아니라……."

"아, 욕정의 대상으론 너무 어리다는 거냐?"

"그렇습니다."

"하나 묻지, 네놈은 사람을 몇이나 죽였냐?"

피월려는 말없이 고개를 숙였다.

"모두 기억나지 않아 모르겠습니다."

일순간 시록쇠의 몸에서 진한 살기가 은은하게 풍겼다.

"그럼 말 그대로 셀 수 없이 많은 사람을 죽인 네놈이 노부
가 누구에게 욕정을 품어야 하는지 품지 말아야 하는지를 가
르치겠다는 거냐?"

피월려는 아차 하는 생각에 포권을 취했다.

"제가 형주님께 실수했습니다. 용서하십시오."

시록쇠는 코를 긁으며 귀찮다는 듯 말했다.

"천살성이 되었으면 얼른 옛것을 버려. 붙잡고 있으면 네놈
만 힘들다."

"예."

"그나저나 얼마나 저대로 있을지 모르겠어. 자리 잡고 무작
정 기다리기도 심심하고 말이야."

그 뒤 어색한 침묵이 흐르기 시작했다.

시록쇠는 무학에 집착하지는 않는 듯했다. 만약 그랬다면,
악누처럼 처음부터 득달같이 달려들어 무학에 대해서 논하려
고 했을 것이다. 하지만 할 말을 찾아야 하는 이 상황에서도
딱히 무학에 대한 이야기를 하려 하지 않는다. 이는 정말 무
학에 관해서는 대화할 생각이 없는 것이다.

피월려는 다른 주제를 꺼내들었다.

"기 형과 이야기한 적이 있습니다."

시록쇠는 순간 깨어나듯 두 눈을 번쩍 뜨며 피월려에게 말

했다.

"응? 뭐라 했냐?"

피월려는 고개를 살짝 숙였다.

"아, 혹 쉬시고 계셨다면……."

"아니다. 그냥 말해봐라. 노부는 툭하면 교육부가 걱정이 돼서 말이지. 고민한다고 해서 확 달라지는 것도 없는데 말이야. 뭐에 대해서 말하려고 했냐?"

피월려가 대답했다.

"전에 기시혼과 천살성에 대해서 이야기한 적이 있습니다. 꽤 흥미로워서 어르신의 이야기도 듣고 싶습니다."

시록쇠는 찢어진 양 입술을 매만지며 말했다.

"아, 그래? 그러고 보니, 그놈 본지도 꽤 됐어. 특이한 가족들 중에서도 꽤 특이한 놈이지. 흐흐흐. 그래, 그놈이 뭐라 하냐?"

"천살성은 인성(人性)에서 자유로운 인간이라 했습니다."

"인성? 인성을 어찌 정의해?"

"기 형은 그것을 인과응보를 믿는 마음이라 했습니다."

"인과응보를 믿는 마음이라. 썩 나쁘지 않군."

"형주님의 생각을 듣고 싶습니다."

"보다는 시간을 때우고 싶은 게 아니냐?"

"아닙니다."

"천살성에게 거짓은 통하지 않는다. 겉치레라도 말이다. 흐흐흐. 천살가에 적응하려면 꽤 걸리겠구나."

"……."

시록쇠는 주소군이 싸준 보따리를 풀었다. 그가 통을 열자, 각종 야채와 쌀밥을 버무린 음식이 담겨 있었는데, 한입에 먹기 좋게 공처럼 동글동글 말린 주먹밥이었다. 그는 그것을 하나 피월려에게 건네주며 말했다.

"시간을 때우는 김에 끼니도 때우자."

"감사합니다."

"노부가 천살가에 입적했을 당시 들었던 말을 그대로 해주마. 네가 생각할 때, 사람의 목숨이 중하냐, 아니면 개의 목숨이 중하냐?"

피월려는 그것이 선문답이라 대답하지 않고 기다렸다. 하지만 시록쇠는 더 말을 하지 않았고, 때문에 답을 내놓을 수밖에 없었다.

"사람의 목숨이 더 중합니다."

"왜?"

"예?"

"왜 중하냐?"

"그야, 그것이 이치 아니겠습니까?"

"네놈은 이제 천살성이다. 옛날의 사고방식을 버리라니까."

"……"

"가치를 비교하는 건 간단하지 않냐? 양자택일을 해보면 되지. 사람의 목숨과 개의 목숨 중 하나를 버리고 하나만 선택해야 한다면 개의 목숨을 버릴 것이다. 아니냐?"

"그렇습니다. 그래서 사람의 목숨이 더 중합니다."

시록쇠는 양손을 앞으로 뻗으면서 말했다.

"만약 사람의 목숨보다 개의 목숨이 더 중하면? 그런 상황에 놓인다면? 그건 어떠냐?"

"이치에 맞지 않습……."

"아니지. 다시."

피월려는 시록쇠가 원하는 방향으로 생각해 답을 내놓았다.

"분노가 일 겁니다."

"왜 그런 감정을 느낄까?"

"그건……."

시록쇠가 피월려의 말을 잘랐다.

"부잣집 개의 팔자가 천민들의 빈곤한 인생보다 더 호화스럽다면 누구라도 그에 대해서 부조리를 느끼고 화가 나겠지. 그건 모두가 공감하기에 이유를 필요로 하지 않아. 하지만 천살성에겐 이유가 필요하다. 공감으로 이해할 수 없기 때문에. 네놈도 곧 알 수 없게 될 거다. 그러니 그렇게 되기 전에 먼저 이유를 파악해 놔야 해."

"……."

"잘 모르겠냐?"

"한 번도 생각해 본 적이 없는 문제입니다. 가르침을 주십시오."

시록쇠는 주먹밥을 들어 이리저리 살펴본 뒤에 입에 넣고 한입에 꿀꺽 삼켜 버렸다.

"모든 분노는 하나의 본능에서 나온 것이지. 그건 생존 본능에 의한 것이다."

"생존하고자 하는 마음 때문에 개의 목숨이 사람의 목숨보다 더 중한 것에 대해서 분노를 느낀다는 말입니까?"

"요약하자면 그래. 하지만 부조리에 분노하는 것은 그보다 더 깊은 이유가 있지. 그 분노에는 배신감이 있어."

"배신감……."

"사람의 마음속에는 세상에 대한 믿음이 있다. 그 믿음을 배신당했을 때 느끼는 것이 바로 부조리이며 그에 대해서 분노하는 것이다. 근데 가만히 그것을 살펴보면 그것만큼 재밌는 것도 없다."

"어떤 면에서 그렇습니까?"

"사람이 사람의 목숨이 개의 목숨보다 중하다는 걸 언제 깨달을 것 같으냐?"

"본인이 사람이고 타인도 사람임을 알면, 자기 목숨이 중한 것을 타인에게도 적용하는 것 아닙니까? 그래서 지나가는 개보단 자기 목숨이 중하다고 생각하니 타인의 목숨 또한 중하다고 생각하는 것입니다."

시록쇠는 비릿한 웃음을 흘렸다.

"흐흐흐. 글쎄. 내 생각엔 인간은 그리 고상하지 못하다. 내 생각에는 말이다, 사람을 죽일 때 돌아오는 업보와 개를 죽였을 때 돌아오는 업보의 차이에서 그런 생각이 자리 잡는다고 생각한다."

"……"

"사람은 경험에 의해서 무언가를 믿는 거지, 그런 고풍스러운 사상과 논리로 무언가를 믿는 게 아니야. 보통 사람은 어릴 때 다른 사람을 해하면 개를 해했을 때보다 훨씬 크게 혼이 난다. 그냥 그 때문에 사람의 목숨을 중하게 생각하는 거야."

"……"

"내 생각이 틀린 것 같으냐? 이 경우를 생각해 봐라. 어릴 때부터 파리를 죽이는 것과 사람을 죽이는 것에 대한 업보의 차이를 딱히 느끼지 못하는 부잣집 도련님이 있다고 하자. 그 권력이 너무 막강하여 사람을 죽여도 그 업보를 감당할 필요가 없지. 그렇게 장성한 그놈은 타인을 파리를 죽이는 것처럼 쉽게 죽일 것이다. 죄책감도 느끼지 않을 테지. 그 타인이 자기보다 못한 존재라고 믿어가면서. 인간의 범위를 자기 경험에 비추어서 마음대로 바꾸겠지. 그러니 결국 네 이유보다 내 이유가 앞선 것이다. 아니냐?"

피월려는 악누 때와 달리 진심으로 그 말에 설득당했다. 그가 고개를 두어 번 끄덕이며 말했다.

"그런 것 같습니다. 인과응보를 믿는 마음도 거기서 파생된다고 볼 수 있겠습니다."

"거기서 조금만 더 나아가면 된다. 그럼 부조리에 대한 실체를 알 수 있지."

"그것이 어떤 것입니까?"

"사람은 그러한 인과응보의 정도를 통해서 사람이 개보다 더 귀하다 믿게 된다. 그리고 그건 대부분의 경우 사실이다. 하지만 이 세상은 녹록지 않아. 세상은 만물을 포함하지. 인간의 그 어떠한 믿음도 그 반대되는 경우가 세상에는 반드시 존재한다. 그것이 보일 때 부조리, 즉 배신감을 느낀다."

"……."

"지나가는 개를 때렸을 뿐인데, 그 개가 황족이 아끼는 개라면? 목숨이 날아가겠지. 사람을 때려도 목숨이 날아가진 않아. 사람이 개보다 더 중하다고 믿어 의심치 않았는데, 그렇지 않아. 화가 나. 화가. 분노가 치밀지."

"……."

"어린애가 떼쓰는 것뿐이다. 세상이 제 믿음대로 안 흘러

간다고 말이야. 세상 어디에 인간이 개보다 중하다고 적혀 있냐? 하늘에 쓰여 있냐? 산에 쓰여 있냐? 아님 바다에 쓰여 있냐? 그저 사람이 그렇게 믿고 싶은 거지. 왜? 그게 자기 생존에 도움이 되니까. 그러곤 그 믿음이 현실과 다르다고 세상을 향해 분노를 쏟아내. 그리고 그 세상을 고치려 하지. 자기 믿음대로! 이게 인간이 짐승과 다른 점이다. 짐승은 세상에 순응하고 살지만, 인간은 이런 식으로 세상 자체를 바꿔 자기 생존을 도모한다."

"……."

"결국 그저 살고 싶은 거다. 인과응보를 믿는 것도 사실 그저 자기 생존을 위한 믿음이다. 천살성은 이에 자유롭다. 때문에 천살성은 인간의 목숨이 개의 목숨보다 중하다고 맹목적으로 생각하지 않는다. 이를 보고 우리를 짐승이라 하니 기가 막힌 노릇이지."

피월려는 모르겠다는 듯 고개를 좌우로 흔들며 떨리는 목소리로 말했다.

"사람에게 그것만큼 두려운 존재도 없습니다. 아무런 죄책감 없이 사람을 개처럼 죽일 수도 있는 것 아닙니까?"

"개를 사람처럼 살릴 수도 있는 것 아니겠냐? 한낱 미물인 개를 인간처럼 대우할 수도 있지 않겠냐? 그렇지 않냐? 그럼 천살성이 부처나 군자와 다를 것이 뭐냐?"

몸이.

몸이 떨린다.

피월려는 너무나 많은 말을 하고 싶었지만, 동시에 무슨 말을 해야 할지 몰랐다. 그 결과 그의 입에선 알 수 없는 말이 튀어나왔다.

"그, 그런. 그것이… 극은 극과… 아니, 그런 것은. 그게……."

시록쇠는 못 알아듣겠다는 듯 귀를 후비며 물었다.

"천살성이 왜 하늘을 죽이고 싶어 하는지 알겠냐? 천살(天殺)의 천(天)이 무엇을 의미하는지도 이제는 알겠냐?"

피월려가 그 물음에 답하려는데 다른 곳에서 대답이 들려왔다.

"시 형주는 고리타분한 소리하는 것 좀 고치라니깐. 그나저나 낭군님, 오랜만이에요?"

『천마신교 낙양지부』 21권에 계속…